KB006465

경성의 봄 1923

육혈포에 묻다

경성의 봄, 1923

김경락 장편소설

스토리움 추천 스토리

종로 경찰서 폭파에서부터
효제동의 마지막 총성까지

그 뜨거웠던 열흘 동안의 기록!

씨네스트

추천사

《암살》, 《밀정》과 같은 일제강점기와 독립운동을 소재로 한 영화 속에는 언제나 김상옥 의사를 모티브로 삼은 인물이 등장합니다. 마치 잘 알려지지 않은 독립운동가 같은 묘사가 대부분입니다. 영화 속의 인물과 마찬가지로 김상옥 의사의 삶과 정신은 널리 알려지지 않은 것이 사실입니다. 김상옥 의사의 삶과 정신을 알리고자 제가 몸담고 있는 '김상옥의사기념사업회'에서는 2023년 김상옥 의사의 '일 대 천 항일 서울시가전 승리 100주년'을 기념하는 〈김상옥, 겨레를 깨우다〉 특별전을 열었고 전시를 마치며 전시성과를 담은 도록을 발간했습니다.

소설 〈경성의 봄 1923〉은 종로경찰서 폭탄 투척에서 일 대 천의 항일 서울시가전투까지 김상옥 의사의 삶에서 가장 치열했던 10일 동안의 신화로 남은 결전의 기록입니다. 소설을 읽는 동안 극한의 상황에서 김상옥 의사께서 보여준 결연한 의지와 불굴의 정신, 그리고 조국을 위해 희생하는 용기를 직접 확인하실 수 있을 것입니다.

소설 〈경성의 봄, 1923〉을 통해 일제강점기의 조선, 그리고 독립운동가들의 삶을 다시 한번 돌아보는 계기가 되기를 바랍니다.

(사)김상옥의사기념사업회 회장

(제너시스BBQ그룹 회장)

윤홍근

작가의 말

종각역 3번 출구 앞에 눈에 잘 띄지 않는 기념비가 놓여 있다.

-김상옥 의사 종로경찰서 폭파사건 터

비석에 적힌 글귀다. 가끔 종로에 갈 때면 나는 그 글귀를 바라보곤 했다.

기념비에서 50여 미터 떨어진 곳에 YMCA 건물이 있고 조금 더 걸으면 3.1운동의 시작점인 탑골공원이 있다. 오랫동안 종로에서 문학 모임을 해온 내게 종로는 과거와 현재를 잇는 낯선 장소였고 그 낯선 느낌은 지금도 이어지고 있다.

작품을 집필하기 시작했을 때 김상옥 의사의 종로경찰서 폭파사건을 아는 사람은 많지 않았다. 의열단 수장 김원봉이 월북한 인사인 것도 한몫했고, 무장투쟁을 테러로 치부하는 시선도 의열단이 알려지지 않은 이유 중 하나였다.

시대가 바뀌어 몇 해 전부터 의열단의 행적이 대중에게 알려졌다. 해방과 분단, 냉전과 민주화를 지나 개인의 가치와 개성을 중시하는 시대에 맨주먹이나 한두 자루의 총으로 일제에 맞서 싸운 그들의 뜨거운 피의 기록을 추적해보는 건 의미 있는 작업이라 생각했다.

소설을 준비하며 김상옥 의사가 일본 경찰 수백 명과 대치하여 사투를 벌였던 효제동 72, 73번지를 다녀왔다. 지금은 다른 집이 들어선 집터는 인근 주민에게도 다소 기가 센 곳으로 알려져 있었다. 한참 서성이다 효제동을 벗어났다. 그 후 오랫동안 뇌리에 떠돌던 이야기의 초고를 완성하였다. 몇 해에 걸쳐 퇴고를 거듭해 이제 용기를 내 세상에 내보이려 한다.

책이 나오기까지 힘써준 분들께 감사를 표한다.

가족과 친구, 그리고 오랫동안 문학 동지였던 '종각역 글벗'들이 있었기에 책이 세상으로 나올 수 있었다.

차례

차례　　　　　　　　　　　　　　　　　　　9

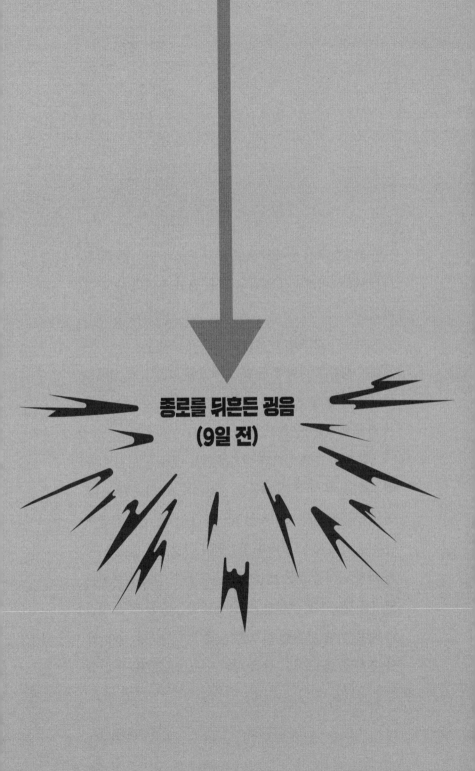

한낮의 눈부신 햇살을 뚫고 모진 겨울바람이 불어닥친다. 바람은 아기네집 행랑채 벽을 뚫고 들어와 내 품을 파고든다.

　또 하루가 찾아왔다. 오늘은 결전의 날이다.

　나는 행랑채 다락에 누워 오래전 윤회와 함께 상해로 떠나던 그 봄을 떠올린다. 이태 전 봄에도 나는 이곳에서 감꽃 향기를 맡았다.

　그해 봄은 감꽃 향기가 대지를 가득 메웠다. 남산 아래에 자리 잡은 마을은 때늦은 감꽃 향기로 가득했다. 감꽃은 수줍음 많은 아이처럼 네 개의 노란 꽃잎을 둥글게 말아 늘어뜨렸다. 새파란 꽃받침이 그늘처럼 꽃잎을 감싸 안자 향기를 맡은 벌들이 몰려들었다. 감나무 아래는 떨어진 감꽃으로 군락을 이뤘다. 감꽃은 시들기 전 마지막 힘을 짜내 향기를 퍼트렸다. 행랑채 다락에 숨어 잠을 청하던 내 코에도 감꽃 향기가 스며들었다. 감꽃 향기는 은은하면서도 콧속을 깊이 찔렀다. 그해 늦은 봄, 감꽃이 진 자리마다 맺히게 될 감 열매를 그리며 나는 윤회와 함께 상해로 떠났다.

지금 나는 누이동생 아기네 다락에 숨어 윤회를 떠올린다. 종로경찰서에 끌려가 모진 고문을 받은 윤회의 생은 상해로 떠난 후 얼마 지나지 않아 감꽃처럼 떨어져 내렸다. 언젠가 내 몸도 감꽃처럼 떨어져 내릴지 모른다는 생각이 머리에서 떠나지 않았다. 죽음은 언제나 삶의 반대편에서 나를 노려보고 있었다. 나는 매번 그 살기 어린 눈빛을 외면하곤 했다.

낮이면 나는 고봉근의 집 행랑채 다락에 몸을 숨긴 채 밖에서 들려오는 소리에 귀를 기울인다. 고봉근은 누이동생 김아기의 남편이다. 내가 상해로 망명해 있는 동안 혼례를 치러 그가 어떤 사람인지 잘 모르지만 이곳에 머물며 느낀 건 그가 드물게 의협심이 강한 사람이란 것이다. 2년간 상해를 떠돌다 느닷없이 누이동생을 찾아와 몸을 의탁하는 내게 주저 없이 거처를 내주는 자라면 내 판단이 틀리지 않을 것이다.

인가가 몇 채 되지 않는 조용한 마을에 간혹 낯선 소리라도 들리면 문밖의 소리에 내 모든 감각을 집중했다. 풀잎의 바스락거림과 행인의 휘파람 소리, 자전거 페달 밟는 소리. 순사를 태운 자전거가 집앞을 지나칠 때면 그 모든 소리가 온몸을 긴장시켰다. 하지만 소리는 대부분 긴장이 만들어낸 환청에 불과했다.

해질 무렵이 되자 나는 행랑채 다락 깊은 곳에 넣어둔 책자를 꺼낸다.

〈조선혁명선언(朝鮮革命宣言)〉.

신채호 선생이 쓴 의열단 선언문이다. 나는 책자를 펼쳤다.

—강도 일본이 우리의 국호를 없이하며, 우리의 정권을 빼앗으며, 우리의 생존적 필요조건을 박탈했다. 경제의 생명인 산림, 천택(川澤), 철도, 광산, 어장 내지 소공업 원료까지 모두 빼앗아 일체의 생산기능을 칼로 베며 도끼로 끊고 토지세, 가옥세, 인구세, 가축세, 백일세, 지방세, 주초세, 비료세, 종자세, 영업세, 청결세, 소득세, 기타 각종 잡세가 축일 증가하여 혈액은 있는 대로 다 빨아가고…….

선생의 글은 그렇게 시작됐다. 무장투쟁 노선의 당위성을 말하는 선언문은 의열단 투쟁에 힘을 실어 주었다.

상해에서 체류하던 시절 신채호 선생을 만난 적이 있다. 백면서생 같은 얼굴에 남루한 옷을 입은 선생은 조금도 주눅 들지 않고 프랑스 조계(租界) 지역을 유유히 걸어 다녔다. 선생은 미국에 의존한 독립을 주장하는 인사들을 달가워하지 않았다. 의열단의 단장 김원봉은 그런 선생의 뜻을 지지했다. 나는 분열이 시작된 임시정부를 말없이 바라볼 뿐이었다.

－민중은 우리 혁명의 대본영이다. 폭력은 우리 혁명의 유일한 무기이다.

조선혁명선언은 그렇게 끝을 맺었다. 슬프지만 그것이 현실이다. 정의롭게 힘을 써야 한다면 나는 기꺼이 투쟁에 바칠 것이다. 그것이 윤회를 위한 마지막 외침이 되리라.

조선혁명선언을 손에서 내려놓고 코트를 꺼내 입는다. 육혈포 두 자루를 챙기는 것도 잊지 않았다. 이제 움직일 시간이다.

궤짝을 열어 보관해 둔 폭탄을 꺼내 천으로 감싸 코트 주머니에 넣는다. 짙은 화약 냄새가 손끝에 머문다. 늦은 밤 나는 후암동 아기네 집을 나왔다.

종로에 이르자 대낮처럼 밝은 거리가 펼쳐졌다. 경성의 밤은 사람들로 북적댄다. 멀리 종로 네거리와 종로경찰서가 보인다.

"거리가 대낮처럼 밝아요. 이 길로 가면 위험하지 않을까요?"

종로 거리를 둘러보던 윤익중이 말했다. 조금 전 경성역 근처에서 익중을 만났다. 어젯밤 그와 함께 연희동 설교의 집에 가기로 했다.

익중은 용산에 있는 옷감 공장에서 노동운동을 전개해 나가고 있었다. 그는 밤마다 노동자들과 함께 야학과 투쟁을 병행했다. 암살단 사건으로 수감되어 작년 말 출소한 익중은 노동 현장으로 돌아가 투쟁을 이어갔지만 언제 또 발각될지 알 수 없다.

"종로를 지나치면 형사의 눈에 띌 것 같으니 광화문을 우회해서 가는 게 낫겠군."

"너무 멀지 않을까요?"

"밤은 이제 시작이니 급할 건 없지 않나? 광화문 주변을 살펴 두는 것도 나쁘지 않겠지."

익중과 나는 시내를 우회해 세종로로 향했다. 온종일 고된 노동에 찌든 얼굴이지만 익중은 내색하지 않았다. 세종로를 향해 걷다 말고 종로 거리를 바라봤다. 청계천을 기준으로 북촌의 중심지인 종로는 도심에서 뿜어져 나온 조명 빛을 받아 낮처럼 환했다.

세종로에 이르자 멀리 대한문과 덕수궁 담벼락이 보였

다. 멀리서 바라본 종로경찰서는 죄수를 감시하는 거대한 망루처럼 느껴졌다.

"서둘러야 해요. 너무 오래 머물면 의심을 받을지도 몰라요."

앞서 걷던 익중이 말했다. 우리는 서둘러 길을 걸었다.

이윽고 세종로 사거리에 이르렀다. 사거리 한 귀퉁이에는 고종의 즉위 40주년을 기념하는 칭경기념비각이 보였고 몇몇 사람이 비각 주변을 오갔다.

"참 전당포에 다녀온다는 걸 깜빡했네. 여기서 좀 기다리지 않겠나?"

걷다 말고 익중에게 말했다.

"네? 전당포요?"

"종로경찰서 앞 동일당 말이야. 상해에 보낼 독립자금을 융통하는 걸 잊었네."

"저도 같이 갈게요. 경찰서 앞은 위험해요."

"아니야. 혼자가 더 안전해. 금방 갔다 오겠네."

익중을 남겨두고 종각을 향해 뛰었다. 천천히 다녀오라는 익중의 말이 등 뒤에서 들렸다. 그 길로 종로경찰서로 향했다.

종로 네거리에 이르렀을 때 불과 수십 보 거리에 종로

경찰서가 보였다.

나는 보신각 뒤로 몸을 숨기고 대각선 맞은편으로 보이는 종로경찰서를 살폈다.

돔 형태의 기둥 위로 뾰족하게 솟아오른 첨탑을 떠받치고 있는 서양식 건물은 몇 년 전까지만 해도 경성에서 보기 드문 신식 건축물이었다. 사람 키만 한 높은 창문이 난 건물은 2층까지 이어졌고 커튼을 친 서양풍 창문 사이로 빛이 새어 나오고 있었다. 경찰서 건물 옆으로 YMCA회관이 있고 그 앞으로 종로 거리가 펼쳐졌다. 경찰서 주변은 환했고 낯익은 형사 한 명과 제복 입은 순사만이 정문을 지키고 있었다.

나는 코트 안주머니에 손을 넣어 폭탄의 딱딱한 외피를 손끝으로 훑는다. 폭탄은 성학사 안 노다의 캐비닛에 보관되어 있었다. 나는 지난해 말 압록강을 건너올 때부터 이날을 기다려 왔다. 성학사는 노다라는 일본인이 소유한 교재 만드는 회사다. 암살단 사건으로 복역을 마치고 나온 대순에게 함께 회사를 경영하자는 노다의 제안은 좋은 기회였다. 순사들도 일본인 회사에서 일하는 조선인은 특별히 의심하지 않았다.

종로경찰서 인근 한적한 골목에 몸을 은폐하고 적당한 곳을 찾아 주변을 둘러본다. 길 저편에서 누군가가 경찰서를 향해 비틀대며 걸어오는 게 보였다. 비단 한복을 곱게 차려입은 여자가 술 취한 남자를 부축한 채 걸어오고 있다.

나는 경찰서 왼편에 있는 전당포로 향했다. 전당포 옆으로 난 골목 어두운 곳에 몸을 숨기고 그들이 지나가길 기다렸다. 얼굴을 식별할 수 있는 위치에 이르렀을 때 그들을 자세히 볼 수 있었다. 머리가 벗겨진 중년 남자는 경무국장 마루야마였다. 순간 심장이 멈춘 듯했다. 마루야마 옆의 여자는 혜수를 만나던 날 형사의 눈을 피해 숨어 들어간 춘화관의 기생 청향이었다.

그때 거리 저편에서 차양이 없는 납작한 모자를 쓴 한 남자가 그들을 미행하는 게 보였다. 적당한 거리를 두고 뒤를 밟는 모습이 미행으로 보이기에 충분했다. 숨을 가다듬고 그를 주시한다. 미행하는 남자는 며칠 전 춘화관에서 쫓겨난 나운규라는 자였다. 그는 옷에 육혈포를 숨기고 마루야마를 저격할 기회를 엿보고 있었다.

—이대로 저자가 먼저 총을 쏜다면 계획이 뒤틀릴지도 몰라.

급히 경찰서 건물 뒤쪽에 있는 동일당 간판집과 전당포 사이로 들어섰다. 그곳에서는 경찰서 후문이 훤히 보인다.

서둘러 경무계 방을 찾는다. 건물 2층 왼쪽에서 3번째 창문이 경무계 방이다. 방마다 불이 켜져 있다. 나는 코트 안주머니에서 천으로 감싼 폭탄을 꺼내 안전핀을 뽑는다. 이제 모든 준비가 끝났다.

타탕-

그때 총소리가 들렸다. 조금 전 마루야마를 노리던 남자가 총을 쏜 것이 분명했다.

곧이어 대로로 사람이 몰려드는 소리가 들렸고 모든 시선이 그쪽으로 향했다. 하늘이 준 기회다. 소요 사태가 끝나기 전에 폭탄을 던져야 한다.

-이것은 조선인 모두의 뜻이다.

온 힘을 짜내 불 켜진 경찰서 2층 방을 향해 폭탄을 던진다. 내 손을 떠난 폭탄은 포물선을 그리며 날아갔다. 비상하는 한 마리의 용처럼 어둠을 가르며 적진을 파고들었다.

와장창-

폭탄이 경무계 방 창문을 깨고 들어갔다. 나는 몸을 돌려 광화문을 향해 온 힘을 다해 뛴다. 곧이어 뇌관에 불이 붙은 폭탄이 터졌다. 굉음과 함께 창문이 깨지며 건물이 흔들렸다. 천지를 흔드는 땅의 진동. 사람들의 비명과 오가던 차의 경적.

찰나의 순간 모든 것이 멈췄다.

흔들리는 가로수에서 떨어져 내리는 나뭇잎과 깨진 유리창의 파편. 몰려든 군중의 비명까지. 경성의 모든 것이 정지한 채로 머문다.

그 멈춰 버린 시간의 한가운데를 가로질러 나는 끝없이 이어진 도로를 쉬지 않고 달려 광화문으로 향했다. 한밤의 광화문통은 조금 전의 소요 사태에도 크게 동요하지 않았다. 굉음을 들은 몇몇 사람이 종로 쪽을 바라볼 뿐이었다.

광화문통에 이른 나는 아무 일 없는 듯 걸음을 늦추며 주변을 둘러본다. 가쁘게 터져 나오는 숨을 삼키며 천천히 나의 시간을 돌린다. 긴박했던 호흡이 조금씩 잦아들었다.

나는 애써 여유를 부리며 주변을 살핀다. 멀리 경복궁 앞으로 공사 중인 경성부 청사가 보인다. 궁궐 앞은 청사를 짓는데 쓸 자재가 쌓여 있다. 곧 완공될 경성부청사는 총독부의 주요 행정기관이 될 것이다.

공사현장 뒤로 덩그러니 놓인 경복궁이 을씨년스럽다. 멸망한 왕조의 옛 궁궐은 황량하기만 하다. 상갓집 개라는 소리를 듣던 흥선대원군이 권력을 쥔 후 새로 지은 경복궁은 이제 지나간 시절의 빛바랜 그림처럼 공사장 먼지에 가려져 있다. 모든 것이 허물어지고 그 자리에 새것이 들어서고 있다. 이것이 숙명이란 말인가? 아니다. 나는 숙명 따위는 믿지 않는다. 지금은 투쟁의 시간이고 나의 싸움이 막 시작됐을 뿐이다.

"조금 전 종로경찰서 쪽에서 굉음이 들렸어요."

칭경기념비각에서 기다리던 익중이 나를 보자 급히 다가왔다.

"종로경찰서에서 뭔가가 폭발한 것 같더군."

"누가 경찰서에 폭탄을 던진 걸까요?"

"궁금하면 가보는 게 어떨까?"

"그게 좋겠어요."

아무것도 모르는 것처럼 익중에게 제안했다. 주변이 어수선한 이때가 현장을 둘러볼 마지막 기회다.

익중과 함께 다시 종로 거리로 향했다. 경찰서가 있는 종로 네거리에 사람들이 몰려 있었다. 보신각과 인접한 경찰서 일대는 고함과 웅성거림으로 가득했다. 대검을 장착한 장총을 든 순사대가 경찰서 주변을 에워쌌다. 유리창이 모조리 깨진 경무계 방에서 연기가 피어오르고 있었다.

"누군지 모르겠지만 한발 앞서 거사를 일으켰군."

나는 시치미 떼며 말했다.

"뭔가 짚이는 거 없나요? 의열단에서 벌인 일인지도 모르잖아요."

"잘 모르겠군. 이 시점에 폭탄을 터트리는 건 좋지 않은 것 같군."

"왜 그렇게 생각하세요?"

"사이토의 출국을 앞둔 이 시기에 폭탄을 투척한다면 총독부와 경무국을 자극하는 꼴이 되지 않겠나."

내 말에 동의했는지 익중은 고개를 끄덕였다. 그를 안심시키려고 한 말이었다. 이번 사건은 나 혼자 계획한 일이어야 한다. 그렇지 않으면 3년 전 암살단 사건 때처럼 사냥개가 냄새를 맡을지도 모른다. 미국의 상하의원이 경성을 방문하는 시기를 노려 일본의 주요 관공서를 파괴하기로 결의한 그 사건으로 일본의 조선 침략을 세계에 알릴 생각이었다. 하지만 사전 검열을 나온 순사에게 계획이 발각되면서 나는 쫓기는 신세가 됐다. 쫓기며 형사 여러 명을 육혈포로 처치한 일로 궐석재판에서 사형을 선고받고 상해로 망명했다가 두 달 전 경성으로 돌아왔다. 종로경찰서에 폭탄을 던진 건 앞으로 있을 사이토 암살 계획의 시작에 불과하다. 나는 이미 목숨을 걸기로 결심을 굳혔다.

"괜히 엮여서 좋을 건 없겠군. 어서 여길 벗어나지."

주변을 경계하는 순사대가 신경 쓰였다.

"오늘은 이쯤에서 헤어지는 게 어떨까요? 설교의 집에 모여 있다간 모두 위험해질 것 같아요."

"그게 좋겠군."

익중의 제안에 서둘러 그곳을 빠져나왔다. 참담한 현장을 지켜보다가 익중과 헤어진 나는 종로를 빠져나와 창신동을 향해 걸었다.

동대문에서 멀지 않은 낡은 동네는 깎아지른 낭떠러지 같은 낙산이 마을을 병풍처럼 둘러싸고 있었다.

익중과 헤어진 후 후암동으로 가다 말고 발길을 돌려 언덕을 올라 창신동 집으로 향했다. 집에 도착하자 발소리에 개들이 일제히 짖어댔다. 대문 여는 소리에 밖을 내다본 춘원이 맨발로 뛰어나왔다.

"혀, 형님, 여긴 위험해요. 형사들이 집을 감시하고 있어요."

춘원의 다급한 목소리에 상황이 심상치 않음을 직감했다.

"누가 왔니?"

안채에 있던 어머니가 문밖을 내다보다 나를 발견하고 버선발로 뛰어나왔다.

"괜찮으냐? 여긴 대체 왜 온 거냐. 후암동 아기네에 숨어 있으래두."

어머니는 울먹였다. 상해로 망명 후 나를 잡으러 형사들이 찾아올 때마다 어머니는 미친 사람처럼 형사들을 꾸짖었다. 죽을 각오를 한 것이다.

어머니는 나를 집 창고에 데려가 앉히고 급히 조밥을 지어왔다.

"낯선 사내들이 수시로 집을 엿보는 걸 보니 미와가 너를 찾는 것 같다. 네가 떠난 후 종로경찰서에 끌려갔을 때도 그자의 심문이 예사롭지 않더니."

문득 미와를 조심하라는 혜수의 말이 떠올랐다. 미와는 카즈키의 장검을 뺏긴 일을 잊지 않았다. 천황이 하사한 검을 빼앗은 자가 나라는 것도 알 것이다. 검술을 수련하는 일본인들이 드나들던 종로통의 몽상신전류(夢想神傳流) 도장에서 본 미와의 얼굴을 떠올렸다. 아무런 감정의 동요 없이 검을 치켜들어 허공을 벨 때 그의 얼굴에 드리운 살의를 떠올리면 등에 한기가 느껴졌다.

늦은 저녁을 물리고 광에 누워 애써 잠을 청했다. 눈을 감자 날아가 터진 폭탄의 포효와 굉음이 귓가에 맴돌았다.

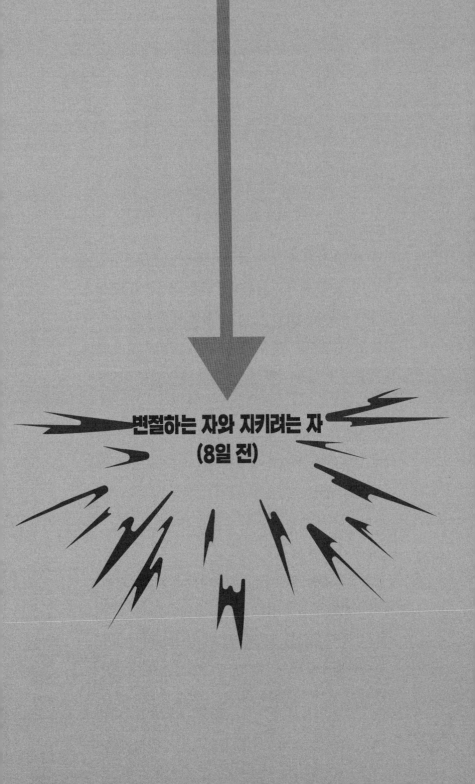

변절하는 자와 지키려는 자
(8일 전)

다다미가 깔린 방, 끝이 보이지 않을 만큼 넓은 공간에 홀로 서 있다. 밝지도 어둡지도 않은 공간은 잿빛 안개가 장막처럼 둘러쌌고 천정은 하늘에 닿을 만큼 높아 크기를 알 수 없다. 사방에 보이는 건 다다미가 깔린 무한의 방뿐이다. 문을 찾아 헤매보지만 문은 어디에도 보이지 않는다.

방 저편에 누군가 서 있다. 여자의 형상. 주변을 경계하며 그곳으로 한 발짝 걸음을 옮긴다. 짙은 안개 사이로 서서히 형상이 드러난다.

윤회, 그곳에 슬픈 눈을 한 윤회가 서 있다.

-왜 거기에 서 있니?

윤회에게 손을 내민다. 손끝이 닿기도 전에 윤회는 내가 다가선 만큼 멀어진다.

-다가갈 수 없구나. 왜 자꾸 멀어지는 거니?

다시 윤회에게 다가간다. 내 발이 한 걸음 다가가면 윤회는 그보다 더욱 멀어지기를 반복하다 어둠 속으로 완전히 사라진다. 윤회가 사라진 쪽을 본다. 그곳엔 깊고 깊은 어둠만이 서려 있다. 그때 등 뒤에서 휙 하고 바람이 지나갔다. 바람을 쫓아 뒤를 돌아보자 윤회가 사라진 반대편에 또 다른 사람의 형체가 보인다. 걸음을 옮겨 형체가 있는 곳으로 다가간다. 남자다. 검을 든 창백한 얼굴의 남자. 남자는 조금의 미동도 없이 그 자리에 서 있다. 검을 쥔 손이 떨린다. 검이 울고 있었다.

우우웅- 우웅-

칼의 울음이 들린다. 인간의 피를 마신 칼은 살아 있는 짐승처럼 더 많은 피를 원했다. 죽은 자의 피가 또 다른 피를 부른다.

한 걸음 더 다가간다. 그때 뭔가가 남자의 등에 날아와 꽂힌다. 그것은 남자의 등에 박혀 배를 뚫고 나온다. 푹- 푹- 이어 또 다른 칼날이 연신 남자의 등에 박힌다. 무수한 칼날이 남자의 배를 꿰뚫었다. 남자는 피를 토하며 쓰러진다.

으히히히히히히히-

여러 명이 동시에 웃어대는 소리. 사방에 귀기(鬼氣)서린 웃음이 들려온다. 소리의 정체는 보이지 않는다. 바닥에 쓰러진 남자의 몸이 꿈틀댄다. 몸에서 떨어진 피와

살이 다다미를 핏빛으로 물들인다. 피로 뒤엉킨 흉물덩어리가 핏물을 튀기며 꿈틀댄다. 이내 남자의 몸을 부수고 사람 형체를 한 것이 튀어나왔다. 그것은 핏물을 뒤집어쓴 채 부서진 남자의 몸을 털고 비틀대며 일어났다. 웃음은 끝없이 이어졌다. 끝을 알 수 없는 공간에 소리만이 울려 퍼졌다.

비명을 지르며 일어났다. 온몸이 땀으로 얼룩졌다. 광은 어둡고 밖은 여전히 고요하다. 문을 열고 수돗가로 나간다. 누군가 마당을 엿보다 달아난 것처럼 느껴졌다. 낯선 사내들이 집을 엿본다는 어머니의 말이 떠올랐다. 어쩌면 매복한 형사인지도 모른다. 광으로 들어와 숨을 죽인다. 사방은 고요하고 아무런 기척도 들리지 않는다.

누가 나를 엿보는 걸까? 아니다. 모든 건 느낌에 지나지 않는다. 마음을 가라앉혀야 한다. 한동안 누워 있었지만 달아난 잠은 다시 찾아오지 않았다. 시간이 지나자 누군가가 엿보는 느낌도 잦아든다. 마음을 가라앉히며 애써 다시 잠을 청했다.

한 줄기 빛이 빗금 같은 문틈으로 새어 들어와 눈을 간질인다. 아침이다. 무슨 일인지 밖이 소란스럽다. 담장 밖으로 사람들이 뛰어다니는 발소리가 들린다.

"형님, 형님."

다급히 부르는 소리에 안에서 잠근 문을 연다. 춘원이 급히 광으로 들어왔다. 눈부신 빛이 광 안을 파고든다. 눈을 깜빡이며 손으로 챙을 만든다. 태양이 잔뜩 내리쬐는 오전이다.

"종로경찰서에 폭탄이 터졌대요. 어젯밤에 누가 폭탄을 던지고 갔나 봐요."

"그게 사실이냐?"

"네, 종로통에 나갔다 온 사람이 알려줬어요. 창문이 모조리 깨진 걸 봤다고."

"얼마나 피해를 본 거냐?"

"피해는 별로 크지 않다고 해요. 파편이 퍼져 지나가던 매일신문사 직원 몇 명과 기생 한 명이 부상당한 게 전부라고 들었어요."

폭탄이 경무계 방을 뚫고 들어간 후 분명 천지를 진동시킨 굉음이 있었다. 폭탄이 터진 순간의 전율을 또렷이 기억한다. 경무계 방에 불이 켜져 있었으니 적어도 당직 형사 몇 명은 크게 다쳤을 것이다. 그런데도 지나가는 사람이 부상당한 게 전부라니. 총독부는 피해를 감추려는 걸까.

춘원이 가져다준 조간신문을 뒤져봐도 종로경찰서 폭파사건을 다룬 기사는 보이지 않았다. 총독부에서 보도통제를 내린 게 분명하다.

다시 집을 엿보는 기척이 느껴졌다. 황급히 광 밖으로 나가자 햇살이 눈 속을 파고든다. 앞을 볼 수가 없다. 담장 밖에서 사람이 급히 뛰어가는 소리가 들렸다.

"형님, 왜 그러세요."

"누가 집을 엿보고 있다."

춘원이 급히 대문을 걸어 잠그고 담장 너머로 밖을 살핀다.

"대체 무슨 일이니?"

부엌에 있던 어머니가 놀란 얼굴로 다가왔다.

"혹시 삼판댁 아주머니에게 제가 돌아왔다고 말했나요?"

삼판댁에게 이야기했다면 그 집 아들인 고등계 형사 조용수에게 말이 전해졌을지도 모른다.

"네 이야기를 누구에게 하겠니? 춘원과 아기네 말고는 아무도 모른다."

어머니가 행주에 손을 닦으며 말했다. 머릿속이 복잡했다. 조금 전의 사람 기척과 발소리가 귓가에서 맴돈다.

"호, 혹시 네가 종로경찰서에 폭탄을 던졌니?"

어머니의 목소리는 떨리고 있었다.

"말해 봐라, 일전에 네가 아기네 집으로 가면서 뒤뜰에 묻은 물건을 가져가지 않았니. 상해에서 가져온 물건이라더니."

어머니가 재차 물었다. 춘원도 긴장한 표정으로 나를 쳐다봤다.

"지금은 어떤 말도 할 수 없어요."

"혀, 형님"

어머니는 놀란 입을 다물지 못하고 바닥에 주저앉으며 가슴을 쳤다.

"오냐, 더는 묻지 않으마. 네가 나라를 위해 애쓴다는 걸 애미도 안다. 그런데 네 목숨이 어떻게 될지 모른다고 생각하니 눈물이 그치지 않는구나."

주저앉은 어머니의 울음소리가 점점 커졌다. 이내 눈물을 흘리던 어머니가 부엌으로 들어가더니 밥을 차려 왔다.

"먹어라! 먹고 어서 떠나라. 집 주변을 기웃거리는 자들이 많다."

순간 눈물이 떨어질 것만 같았다. 나는 급히 밥을 먹고 집을 나섰다. 뛰다시피 한참을 걷다 멈춰 서서 낙산을 돌아봤다. 어쩌면 이것이 마지막이 될지도 모른다는 생각이 엄습했다. 한동안 낙산을 바라보다 빠른 걸음으로 창신동을 벗어났다. 이제 모든 길이 정해졌다.

눈이 내린 지 며칠이 지났지만 도심에서 다소 떨어진 후암동은 감나무 가지마다 눈이 쌓여 있다. 감이 열렸던 자리가 하얀 눈으로 뒤덮였다. 앙상한 가지에 남겨진 감을 보고 까치가 날아와 부리로 열매를 쪼아댔다.

저녁 무렵 고봉근이 행랑채로 왔다. 상해에서 돌아온 후 고봉근은 아침저녁으로 내게 안부를 물었다.

"어젯밤에 종로경찰서에 폭탄이 터져 경성의 경비가 삼엄해요. 조심하세요."

퇴근길에 어젯밤 종로경찰서 폭탄 투척 사건을 들었는지 고봉근은 더욱 신경 쓰는 눈치였다.

하루종일 폭파사건으로 마을은 떠들썩했다. 아침에 창신동을 벗어나 아기의 집 행랑채 다락에 숨어 있던 내 귀에도 마을 사람들의 술렁임이 들려왔다.

고봉근은 폭탄을 던진 사람이 나라는 걸 눈치챘을까. 이 일로 고봉근과 누이동생에게 화가 미칠지도 모른다.

"사이토 총독이 동경으로 떠나는 날을 앞두고 폭탄 사건이 터져 경비가 더욱 삼엄해요. 밖에 나갈 때 조심해야 할 거예요."

"미안하군. 여러모로 매부에게 폐를 끼치게 됐어."

"아니에요. 신경 쓰지 마세요."

"고마워, 매부."

나는 고봉근에게 진심으로 고개 숙여 인사했다.

고봉근이 행랑채를 내려가고 나서도 그의 입에서 나온 사이토란 말이 한동안 귀에서 맴돌았다. 나는 짧게 그의 이름을 되뇌어 본다. 사이토, 그의 운은 어디까지인 걸까.

사이토 마코토가 조선에 부임하던 날을 기억한다. 만세운동이 있던 기미년 9월의 어느 날이었다. 사이토가 총독으로 부임하던 날 그를 태운 마차는 헌병 경찰대의 호위를 받으며 남대문을 지나 회현동 총독부 건물로 향했다. 산전수전을 겪은 노련한 군인정치가의 얼굴도 그날만큼은 밝아 보였다. 중절모 사이로 흰 머리카락이 보였다. 새하얀 콧수염을 기른 인중 아래로 미소마저 보였다.

사이토를 태운 마차가 총독부 건물에 들어설 때였다. 검은 물체가 포물선을 그리며 마차를 향해 날아왔다. 날아온 물체는 사이토 총독 내외의 모습을 찍던 사진 기자 바로 옆에 떨어졌다.

"폭탄이다! 모두 피하시오."

고함과 동시에 천지를 뒤흔드는 굉음이 들렸다. 이어 두 대의 마차가 화염에 휩싸였다. 놀란 말이 뛰어오르자 바퀴가 부서지며 마차가 기울어졌다. 마차는 둔탁한 소리를 내며 쓰러졌고 마차 안에 있던 자의 붉은 피가 땅을 적셨다.

범인은 65살 노인 강우규였다. 대한노인단의 이름으로 거사를 일으킨 그는 조선인 형사 김태석에게 고문당했다. 늙은 육신은 고문으로 혀를 빼문 채 사지를 부르르 떨었다. 고문당한 노구의 투사는 취조실 바닥에 늘어졌다. 결국, 참지 못한 비명이 고문실 밖으로 새어 나왔다. 이틀 후 사이토는 평소와 다름없는 모습으로 총독부 관저에 모습을 드러냈다. 제복이 약간 불에 그을렸을 뿐 그 아수라장에서 살아남았다. 사이토가 탄 건 쓰러진 마차 뒤에 있던 평범한 마차였다. 폭탄의 파편은 사이토의 몸에 거의 닿지 않았다. 여러 번 죽음에서 벗어난 사이토에게 또다시 행운이 따랐던 것이다.

지난해 말 나는 사이토가 신년의회 참석차 동경으로 떠나는 날에 맞춰 그를 처단하러 경성으로 들어왔다. 하지만 예정과 달리 당장 경성으로 들여오기로 한 폭탄의 행방이 묘연해져 일정이 늦어지고 있었다.

조금 전, 나는 전우진에게 김한이 잡혀갔다는 소식을 들었다. 경성우체국 배달부인 우진은 총독부 출입 직원과 줄이 닿아 총독부에 관한 고급 정보를 얻을 수 있었다. 김한은 종로경찰서 폭파사건 용의자 중 하나로 지목되었다. 고등계 형사들은 용의자로 지목된 자를 하나씩 잡아가 취조했고 김한 또한 그렇게 끌려갔다. 임시정부에 몸담았던 그가 수배 목록에 오르내리는 게 이상한 일은 아니었다.

"김한은 여전히 소식 없는가? 김원봉이 보낸 무기는 언제쯤 도착하나?"

상해에서 돌아온 후 나는 안홍한에게 몇 번이나 폭탄의 행방을 물었다. 김원봉이 약속한 무기가 도착하기로 한 지도 이미 한 달이 지난 상태였다. 최근 국내에서 벌어진 무장투쟁과 만주에서 일어난 몇 번의 전투에서 일본이 패한 후 국경 주둔부대의 경계가 심해진 탓인지도 모른다.

"김원봉이 무산자동맹회의 김한을 통해 무기를 전달하겠다고 한 지 한참 지났는데 아직이라니."

김한은 사회주의 운동가이자 임시정부 사법부장이었다. 이념에 얽매인 독립지사를 달가워하지 않는 김원봉이지만 사회주의 계열 운동가인 김한과는 긴밀한 관계를 유지했다. 상해에서 돌아오던 날 김원봉은 김한을 찾아가라고 했다.

"무산자동맹 사무실에 여러 번 찾아갔지만 폭탄이 도착하지 않았다는 말만 되풀이해요."

안홍한은 한 달째 폭탄의 행방을 쫓고 있었다. 신의주에 있는 의열단 연락책과 접선을 시도했지만 폭탄의 행방은 묘연했다.

상해를 떠나기 전 김원봉과 프랑스 조계의 한 바에서 위스키를 마시던 날이었다.

"준비한 물건을 만주의 안둥현으로 보냈네. 거기서 다시 신의주로 운반할 거야. 경성에 도착하면 김한을 통해 전달받게."

"김한?"

"만일을 대비해서 경성에 숨겨놓은 카드지. 경성에 도착하면 그가 폭탄을 전달할 거야."

폭탄은 안둥현과 신의주를 거쳐 경성으로 운반될 예정이다. 무기가 경성에 도착하는 날 총독부 건물과 함께 사이토가 산화되어 사라질 걸 생각하며 마음을 다졌다.

"폭탄의 성능을 믿을 수 있소? 불발로 끝난 적이 몇 번이나 있었지 않소."

폭탄은 주로 상해의 변두리 창고에서 제작됐다. 조악한 환경에서 제작된 폭탄은 터지지 않거나 터져도 제대로 위력을 내지 못할 때가 많았다.

"믿어도 좋네. 이번에는 다를 테니."

"어떻게 다르다는 거요."

나는 반문했다. 중절모 사이로 김원봉의 눈이 빛났다. 그가 입을 열었다.

"마자르라는 헝가리인 폭탄 전문가가 제조한 것이네."

"마자르?"

"죽은 이태준과 함께 고성능 폭탄 제조 기술을 익힌 자지."

이태준은 몽골의 슈바이처로 불린 자였다. 몽골 왕실의 초청으로 의료 활동을 하던 이태준은 몽골을 점령한 러시아군에게 숙청됐다. 마자르는 이태준과 함께 폭탄 제작에 가담한 자였다.

"좋소. 폭탄의 성능만 받쳐 준다면 이번 거사는 분명히 성공할 거라 믿소."

"건배합시다. 피의 영광을 위하여."

"건배, 살아 있는 이 밤의 영광을 위해."

그날 김원봉과 함께 위스키를 마시고 밤늦게 헤어졌다. 바의 창문 사이로 멀리 상해의 야경과 항구에 정박한 배들이 움직이는 게 보였다. 사흘 후 그 부두에서 안홍한과 함께 봉천행 배를 탔다. 하지만 경성에 도착한 후 한 달이 지나도 폭탄은 오지 않았다. 상해에서는 아무 연락이 없다. 경성과 상해는 육로로 수천 리 길이다. 신의주에 있는 연락책을 통해도 편지가 오가는 데만 족히 며칠이 걸린다.

"조금 더 기다려 보는 게 좋겠군. 흩어진 동지들을 모으려면 아직 시간이 필요하니."

폭탄이 도착하길 기다리다 지친 동지를 위로했지만 가장 혼란스러운 건 나였다. 폭탄을 가지고 국경을 넘는 일은 결코 쉽지 않다. 무기를 반입할 기회를 엿보느라 시간이 걸리는지도 모른다. 하지만 폭탄은 끝내 오지 않았다.

그 후에도 몇 번이나 안홍한에게 폭탄의 행방을 추적하길 요청했다. 안홍한은 폭탄이 안둥현까지는 도착했지만 신의주와 경성 사이의 루트는 행방이 묘연하다고 했다.

"자네들, 혹시 들었나?"

일주일 전이었다. 성학사 사무실에 갔을 때 대순이 뭔가를 들었는지 들뜬 얼굴로 물었다.

"무슨 말인가?"

"김한 그자가 고등계 형사 김태석의 밀정 노릇을 하고 있다는 말이 있어. 요즘 들어 고등계 형사인 김태석의 움직임이 심상치 않아."

"근거 있는 말인가?"

나는 소파에서 일어나며 되물었다. 우려했던 일이었다. 하필 김태석이라니.

김태석은 사이토에게 폭탄을 던진 강우규를 고문해 숨지게 한 고등계 형사다. 조선총독부를 폭파하려는 의열단의 계획을 눈치채고 단원들을 검거한 것도 김태석이다.

"경무국에 출입이 잦은 지인에게 들은 말이야. 요즘 김태석과 김한이 부쩍 왕래가 잦다는 소문이 있어."

"원래 둘은 친분이 있었지 않았나. 김한이 만든 무산자동지회의 활동이 별다른 성과 없이 흐지부지한 것도 김태석 때문일지 모르겠군."

대순의 말에 우진이 덧붙였다. 그 말이 사실이라면 엄청난 배신이다. 김한은 일본에서 정치학을 공부하다 상해로 망명했다. 그는 국제정세에 밝고 영민한 사회주의 운동가였다. 많은 지식인이 그러하듯 김한도 마르크스와 유물론에 빠져 있었다. 군왕도 지주도 인정하지 않고 인간은 모두 평등하며 계급은 무의미하다는 이론은 제법 매혹적이긴 했다. 그의 이념에 수긍하진 않았지만 적어도 열정만큼은 믿었다. 때론 목숨으로 신념을 지키려는 순수한 마음에 감동한 적도 있다. 그런 김한이 배신이라니. 나는 사실이 아니길 바랐다. 적어도 그를 내 손으로 처단하는 일이 생겨서는 안 된다.

다음 날 나는 김한의 사무실로 향했다. 오후의 관수동 거리는 분주하기만 했다. 사람들로 가득한 신작로 양옆으로 플라타너스 가로수가 늘어서 있고 가로수 뒤로 늘어선 건물에는 노동자의 권익을 호소하는 현수막이 붙어 있었다.

선리연구회가 자리한 무산자동맹회 건물은 아치형의 커다란 창이 있고 외벽은 짙은 갈색 벽돌로 되어 있다. 서양식 갈색 건물의 이 층에 들어서자 무산자동맹회라 적힌 문패가 보였다. 좌익청년 중심의 사회주의 단체지만 고등계 형사의 방해로 거의 활동을 하지 않았다.

-김한을 찾아가 그의 의중을 물어봐야겠어.

어젯밤 대순의 사무실에서 김한에 대해 이야기한 걸 떠올렸다.

-요즘 김한과 관련한 이상한 소문이 무성해. 최근에 고등계 형사들이 김한의 사무실 여러 번 오가는 걸 봤다는 자들도 있어.

오는 내내 대순의 말이 신경 쓰였다. 김한이 변절한 게 사실이라면 모든 계획은 물거품이 된다.

사무실 문을 두드리자 양복 차림의 젊은 남자가 나왔

다. 안으로 들어서자 낡은 가죽 소파와 테이블이 보였고 그 위로 종이를 길게 말아 만든 궐련이 놓여 있다. 넓지 않은 사무실 안쪽 문이 열리며 김한이 나왔다. 양복 셔츠에 기름을 발라 머리를 넘긴 김한은 둥근 안경을 끼고 있다.

"김원봉이 맡긴 폭탄과 무기는 어디 있소? 이미 시간이 많이 지났소!"

악수를 청하는 김한의 손을 외면하며 말을 꺼냈다. 당황한 김한은 말없이 소파에 앉아 궐련에 불을 붙였다.

"전우진과 안홍한에게 말했지 않나. 아직 도착하지 않았다고."

차분한 목소리였다. 그는 궐련을 깊게 빨아 당겼다. 이내 시선이 마주쳤다. 나를 보는 눈빛이 흔들리는 듯했다.

"사이토가 떠나는 날이 하루하루 다가오고 있소. 폭탄이 없으면 아무것도 할 수 없소."

그의 눈빛을 놓치지 않고 말했다.

"조바심을 내는 걸 이해하지만 나도 걱정이 많네. 백방으로 수소문했지만 상해의 김원봉과 연락할 루트가 모두 막혔네. 누군가 연락망을 차단하고 있는 것 같아."

김한의 말대로 연락책을 거치지 않고 상해와 바로 연결할 방법은 없다. 경성과 상해를 연결하는 핫라인은 총독부와 상해 일본 영사관을 잇는 전화뿐이다. 김원봉과 연락을 취하려면 신의주와 단둥의 연락책을 거쳐야 한다. 하지만 그들과 접선하는 것조차 어려울 만큼 형사들의 방해가 심했다.

"솔직히 말하겠소. 당신이 고등계 형사 김태석과 부쩍 친해졌다는 소문을 들었소. 아마 당신도 들었을 거요. 당신을 믿지만 배신했다는 게 밝혀지면 용서치 않을 거요."

김한을 노려보며 말했다.

"그 소문을 나도 들어 알고 있어. 하지만 정말 배신자라면 당신이 상해에서 돌아왔다는 사실부터 고발했겠지."

김한의 말은 사실이다. 그가 내가 돌아온 걸 신고했다면 서대순의 사무실이나 아기의 집으로 순사대가 들이닥쳤을 것이다. 김한 말대로 배신했다는 증거는 어디에도 없다. 모든 건 떠다니는 말뿐이다.

"알겠소. 하지만 당신이 배신자라는 게 밝혀지면 각오해야 할 거요."

내 말에 김한은 궐련을 깊게 빨아 당기더니 창밖을 응시했다. 무슨 생각을 하는 걸까. 자신의 결백을 주장할 말을 찾는 걸까.

김한은 끝내 아무 말도 하지 않았다. 김태석이 그에게

접촉한 일을 물어보려다 그만두었다. 당장은 어떤 대답도 무의미했다. 그를 배신자로 단정하는 건 좀 더 신중해야 할 것이었다.

그런 김한이 어젯밤 폭탄 사건 용의자로 끌려가다니. 그에겐 안 된 일이지만 이 일이 그의 누명을 벗겨줄 기회가 될지도 모른다.

행랑채 다락에 목침을 베고 누워 몸을 뒤척인다. 늦은 밤 경성 시내로 나가야 한다. 어젯밤 종로경찰서 사건으로 종로는 어수선할 것이다.

잠을 자둬야 하지만 좀처럼 잠이 오지 않는다. 언제부턴가 눈을 감으면 사라져버린 동지의 얼굴이 하나둘 떠오르기 시작한다. 박상진, 채기중, 오랫동안 뜻을 함께한 그들은 이제 세상에 없다. 얼마나 많은 이가 이 땅을 위해 목숨을 버렸던가. 눈을 감고 습관처럼 코트에 손을 넣어 육혈포를 더듬는다. 내 의식은 오래전 그날로 돌아간다.

선선한 바람이 여인의 저고리 자락을 흩날리게 하는 청명한 날이었다. 열흘 만에 열린 풍기장터는 장을 보러 온 사람으로 가득했다. 낡은 멍석에 재배한 인삼을 널어

놓고 흥정하는 사람, 아직 코도 뚫지 않은 송아지를 파는 사람, 새끼에 뀐 달걀을 생선 두름과 맞바꾸는 아낙. 그해 봄의 풍기장터는 태평한 날씨만큼이나 천연덕스러웠다.

칠 년 전 나는 삼남 지방을 떠돌았다. 충청, 전라, 경상 삼도는 가도 가도 낯설었고 세상은 어디나 일본인 천지였다. 토지조사사업 후 땅을 잃은 농민은 작물을 수확하는 대로 일본인 지주에게 넘겨야 했다. 농민의 불만은 언제 터져도 이상하지 않았다.

갑오년에 일어난 농민운동의 잔재는 항일의병으로 변했다. 의병이 된다는 건 목숨을 버리는 것과 매한가지였다. 일본군 헌병대 주둔 기지 안뜰 나무에는 고문으로 죽은 의병의 주검이 열매처럼 매달려 있었다.

나는 풍기에 머물며 전국 각지에서 사들인 특산물을 장터에 내다 팔았다. 장이 서는 날이면 준비한 약재를 짊어지고 집을 나섰다. 장터에 이르러 적당한 곳에 약재를 늘어놓고 좌판을 벌였다.

"자, 이건 강원도 오대산에서 재배한 자연산 당귑니다. 눈에 넣어도 아프지 않은 예쁜 딸을 낳고 싶은 분에겐 즉효죠. 또 압니까? 그 딸이 황후가 될지."

"예끼 이 사람아. 벌건 대낮에 일본놈이 궁에 쳐들어

가 황후를 찔러 죽이는 세상일세."

"누가 민씨 황후랍디까? 황후가 싫으면 안중근 의사 어머니 같은 딸을 낳으시죠."

"젊은 사람이 입담 하나 좋구먼. 달여 먹게 한 포 싸 줘!"

"감사합니다. 이건 구기자인데 정력보강에 최고죠. 간 장, 신장을 보강하고 애가 잘못 먹어도 해는커녕 천하장 사가 되는 보약이죠."

인심이 후한 농민들은 외지에서 온 약재상을 경계하 지 않았다. 당시 풍기는 광복단을 찾아 각지에서 사람들 이 몰려들었다. 채기중과 박상진, 유장렬, 한훈 같은 이 들이 모여 항일 투쟁단체인 광복단을 만들었다. 대구의 광복회와 연합해 만주, 상해에서 의병 항쟁을 이끌었고 김좌진과 김동삼을 만주로 보내 독립부대를 육성하기도 했다. 나는 광복단의 도움으로 약재를 구했고 약재를 팔 아 번 돈을 만주로 보내 군자금에 보탰다. 나는 광복단 이었다.

몹시 더웠던 그해 여름, 전국으로 흩어진 정찰대는 연 일 나쁜 소식을 전해왔다. 국권이 일본에 넘어갔고 그 침묵의 시간 동안 백성은 웅크린 채 세월을 보냈다.

나는 자주 부석사에 갔다. 풍기장터에서 부석면으로

난 길을 따라 한나절을 올라가면 봉황산이 나오고 봉황산 중턱에 부석사가 있다. 가파른 산길을 한참 올라가면 절의 표지석이 나오고 그 길을 따라가면 부석사 경내에 도달했다. 경사 높은 계단을 오르면 무량수전이 보였다. 처마 끝을 받친 네 개의 활주와 그 사이에 건물을 받치는 배흘림기둥. 나는 그 특이한 처마의 문양을 한참 바라봤다. 기둥의 중앙에서 위아래로 점점 가늘어지는 나무 기둥은 서양 책에서 본 그리스 신전의 기둥 같았다. 무량수전 안에는 높이가 천장에 닿을 만큼 큰 부처가 측면으로 향한 채 근엄한 표정을 짓고 있었다. 그 모습을 바라보다 산을 내려오곤 했다.

만주에서 벌어진 항일 무장투쟁 소식이 연일 전해졌다. 만주에선 매일 일본군과 전투가 벌어졌다. 만주의 의병대는 용감했고 많은 전투에서 승리했다. 돈을 모아 만주로 자금을 보내면 러시아제 무기를 사 국내로 다시 들여보내기도 했다.

"조만간 거사가 있을 거요. 만주에서 활동 중인 독립군 부대를 통해 들여온 무기요."

숙소로 찾아온 채기중이 총 한 자루를 내밀었다. 리볼버라 불리는 권총. 총구가 여섯 개인 육혈포다. 손가락을 포개 총신을 쥐고 방아쇠를 잡아당기면 실린더가 회전하며 해머가 앞으로 나가 총알이 발사되는 구조다.

광복단이 주둔한 풍기의 봉황산은 천연 사격장이었다. 나는 매일 그곳에서 사격 연습을 했다. 총신을 열어 탄환을 잰 후 자세를 잡고 백여 보 떨어진 바위를 겨누었다.

"잠금장치를 푼 다음 해머를 젖히고 목표를 겨냥해보게."

한훈이 말했다. 이른 나이에 무장투쟁에 나선 그는 나와 비슷한 연배였다.

"숨을 들이마신 후 그 자세로 방아쇠를 당겨야 해."

한훈이 알려준 대로 숨을 크게 들이마시고 목표물을 겨냥했다. 육혈포를 이용한 전투는 어린 시절 동네에서 패를 나눠 즐기던 석전 놀이를 떠오르게 했다. 개천이나 다리를 경계로 두고 두 패로 나누고 돌을 던져 상대를 물리치는 석전. 한때 다른 동네로 원정 갈 정도로 석전에 빠져들었다. 돌을 조준해 던지는 느낌을 떠올리며 숨을 멈추고 방아쇠를 당겼다. 쾅— 굉음과 함께 총알이 발사됐다. 바위에서 파편이 튀고 숲의 새들이 하늘로 날아올랐다.

장이 열리지 않는 날은 들판으로 나가 틈틈이 목검으로 검술을 연마했다. 그날도 억새가 우거진 인적 드문 들판에 나가 검을 휘둘렀다. 박달나무를 잘라 만든 목검이었다. 두 다리로 균형을 잡고 낮은 자세로 두 손을 앞으로 겨눠 검을 쥔다. 그 상태로 한 발 앞으로 나가 대각선을 그리듯 휘두른다. 검의 회전력을 이용해 다시 한번 검을 씻듯 휘둘러 허공을 가른다. 온 힘을 다해 머릿속에 그린대로 검을 휘둘렀다. 검이 허공을 가르는 소리가 귓가에 울려 퍼졌다.

그때 풀이 흔들리며 멀리서 누군가가 걸어오는 게 보였다. 일본인 순사였다. 억새 사이로 들어가 순사가 지나갈 때까지 몸을 숨겼다. 순사는 허리에 찬 군도를 떨그럭대며 억새 사이를 지나갔다. 그가 지나갈 때 허리에 찬 검이 눈에 들어왔다. 검에 서린 기운이 나를 압도했다. 저 검은 얼마나 많은 피를 마신 걸까.

순간 아버지가 떠올랐다. 조선군 포수였던 아버지는 밤이면 뒤뜰에 나가 검을 휘두르곤 했다. 아버지는 검을 두 손으로 잡아 앞으로 길게 내밀고 오랫동안 정면을 응시했다. 칼과 아버지 사이에는 바람 한 점 들어올 수 없는 견고한 침묵이 흘렀다. 아버지는 양손으로 움켜쥔 검을 앞으로 길게 뻗어 허공을 찌름과 동시에 위에서 아래로 대각선을 그었다. 휘익- 바람을 가르는 소리. 이어지는 세법(양손 검법). 한 마리의 학이 검을 물고 춤추는 형상. 그것이 아버지의 검무였다. 하지만 아버지는 검을

경성의 봄 1923

던지듯 땅에 꽂으며 섬돌에 주저앉아 병째 술을 마셨다. 술병의 달그락대는 소리가 사립문 뒤에서 엿보던 내 귀에 생생하게 들려왔다.

그즈음 아버지는 매일 술에 빠져 있었다. 임오년 민씨 정권에 대항해 일어난 구식 군대의 봉기가 실패로 끝나고 동료들이 참형당하는 걸 두 눈으로 지켜봐야 했던 아버지였다. 화가 나 술을 마시는 날이면 아버지는 임오년의 일을 한탄했다. 임오년의 군란은 경성에 청나라와 일본 군대가 주둔하는 것으로 막을 내렸다. 그렇게 일본군이 조선에 주둔한 빌미가 되었고 아버지에겐 크나큰 상처로 남았다.

아버지는 오랫동안 군왕이 머무는 경복궁을 향해 엎드려 울었다. 일본인 천지인 세상에 분노했고 개혁을 빌미로 권력을 탈취하고 나라를 망친 개화파와 민씨 세력에 분노했다.

"가서 철공소 김가를 좀 불러오너라."

안방에서 연일 기침 소리가 들려오던 어느 날 나는 술로 쇠약해진 아버지의 요청으로 김삼봉을 불러왔다. 그는 쇠를 녹여 낫이나 보습을 만드는 철공소 주인이었다. 그를 본 아버지는 다락에서 검을 꺼내왔다.

"이걸 가져가게. 보고 아무짝에도 쓸모없으면 녹여 농

기구를 만들어도 상관없어. 이놈의 세상. 검은 무엇에 쓰겠는가. 칼을 들어 오히려 나라를 망치느니 녹여 없애 버리겠다."

김삼봉은 그런 아버지를 보며 딱하다는 듯 혀를 차며 검을 가져갔다. 이틀 후 김상봉은 엽전 꾸러미를 놓고 돌아갔다. 아버지는 내게 엽전을 던지며 술을 사오라고 했다. 술을 마신 아버지는 곯아떨어졌다. 그 후 아버지는 시름시름 앓기 시작했고 찬바람이 대지 가까이 내려 앉은 그해 겨울 결국 싸늘한 시신이 되었다.

가을이 깊어갈 무렵이었다. 그날도 나는 부지런히 걸어 부석사로 향했다. 길에서 몇 번 순사와 마주친 후 검술과 총술을 익히는 일에 신중해야 했다. 부석사에서 조금 떨어진 숲은 인간의 손길이 닿지 않은 조용한 곳이었다.

부석사에 도착한 건 황혼녘이었다. 일주문을 지나 한참 더 걸어 무량수전에 도착했다. 돌계단에 앉아 해가 지는 걸 바라보자 멀리서 수행하는 승려의 독경 소리가 들려왔다.

"거사님, 저녁 공양을 같이 하시지요."

절간을 서성이고 있을 때 시자승이 다가와 말을 걸었다. 오가며 안면이 있는 그는 이제 막 열대여섯 정도의 앳된 승려였다.

염치불문하고 절간 부엌의 작은 방 툇마루에 앉자 시자승이 밥을 내왔다. 대친 나물이 전부인 간소한 밥상이었다. 합장하며 수저를 들었다. 멀리서 부엉이 우는 소리가 들려왔다.

"인사가 늦었군요. 김상옥입니다."

공양 밥으로 허기를 달래고 인사치레로 그에게 말을 건넸다.

"저는 효명이라 합니다. 법명이지요. 속세 이름은 기억에 없습니다. 어려서부터 이 절에서 자랐으니까요."

그가 밝은 얼굴로 대답했다. 효명은 절간 생활이 무료했는지 말동무가 필요해보였다.

"산사의 생활은 어떤가요? 속세 사람들은 가끔 그것이 궁금할 때가 있지요."

"절간 생활도 생각보다 괜찮습니다. 세속의 번뇌에서 자유로우니까요. 따지고 보면 번뇌란 스스로 만드는 것이지요."

스스로 번뇌를 만든다……. 나는 효명의 말을 되씹었다.

밤이 되자 달 사이로 구름이 몰려들었다. 달은 둥근 빛의 테를 두르고 있었다.

"달무리가 보이는 걸 보니 곧 비가 내리겠군요."

효명이 하늘을 보며 말했다. 달무리가 보이면 비가 온다는 건 민간의 말이다.

-달무리는 대기 중에 떠 있는 빙정에 의해 빛이 반사돼 생기는 거야. 이런 현상을 조사해 밝히는 걸 과학이라고 하지. 서양 과학이 항상 옳은 건 아니지만 사물에 대한 정확한 이해가 있어야 그들과 맞설 수 있어.

문득 보통학교 교사의 말이 떠올랐다.

효명은 요사채 마루에 걸터앉아 달을 바라봤다. 달은 완전히 차올라 곧 보름달이 될 것 같았다. 뎅뎅- 멀리서 인경 소리가 들렸다. 저녁 예불을 알리는 소리였다.

"저는 이제 저녁 예불에 참석해야 합니다. 늦었으니 오늘은 여기서 묵고 가세요. 그나저나 노스님이 늦으시는군요."

효명이 불당으로 들어간 후 나는 일어나 절 주변을 거닐었다. 완전히 차오른 달이 뿌옇게 빛나고 있었다. 짊어지고 온 걸낭을 들고 절에서 멀지 않은 숲으로 들어갔다. 달무리가 진 밤하늘이 나를 비추고 있었다.

걸낭에서 목검을 풀어 손에 든다. 틈틈이 단련시킨 목검은 제법 날카로웠다. 나뭇가지에 걸낭을 걸어 놓고 평평한 땅을 골라 바닥을 다진다. 두 손으로 목검을 감싸 쥐고 천천히 기억 속 아버지의 검무를 더듬는다. 일본 순사가 눈앞에서 군도를 뽑아들고 노려보는 섬뜩한 기운이 느껴진다. 검을 잡은 두 손을 앞으로 내밀어 방어자세를 취한다. 머릿속 순사의 검이 내게 달려든다. 나는 검을 가슴 쪽으로 끌어당겨 방어태세를 유지하며 한 발짝 물러났다. 상대의 첫수가 나를 비껴갔다. 그 순간을 놓칠세라 칼을 치켜들어 아래로 내려쳤다. 순사는 가까스로 칼을 피했다. 그의 자세가 틀어졌다. 그 순간을 놓치지 않고 내린 검을 위로 치켜 휘두른다. 비상하는 한 마리의 용이 순사의 몸을 베고 솟구쳐 오른다.

바삭- 숲에서 뭔가가 바스락대는 소리가 들렸다.

-숲에 뭔가 있다!

사념이 나를 방해한다. 순간 쓰러지던 순사가 기력을 짜내 내 목 깊은 곳으로 군도를 찔러넣는다. 땅을 울리는 둔탁한 소리. 나는 검에 찔려 그 자리에 쓰러진다. 세상이 빙글빙글 돌아가고 바람은 내 몸을 사뿐히 밟고 지나간다. 나무 잎사귀의 바스락거림과 나뭇잎이 날리는 소리. 소리가 들린 쪽으로 고개를 돌리자 한 노승이 나를 보고 있다.

"무예를 연마하는 모양이군요."

노승이 합장하며 말을 걸었다.

"허헛, 실례했소이다. 나는 저기 절간에서 수행하는

중이외다. 절간으로 돌아가는 중에 목검 휘두르는 소리
에 이끌려 와본 것입니다."

노승은 부석사가 있는 곳을 가리켰다.

"저 역시 절에서 공양하고 혼자 산속을 헤매고 있었습
니다. 노승께서도 저곳에 계시는군요."

"포봉당이라 합니다. 속세에선 김봉암이라 불렀지요."

"저는 김상옥입니다. 실례가 많았습니다. 두서없이 휘
두른 검에 놀라지 않았나요?"

"괜찮습니다. 보아하니 전통 검술을 연마하더군요."

"검술이라니요. 당치도 않습니다. 나무를 깎아 만든
검을 근본 없이 휘둘렀을 뿐입니다."

부끄러운 마음에 머리를 긁적였다.

"변형되고 다듬어지지 않았지만 조선세법을 흉내 낸
검술이었소. 어디서 배운 거요?"

포봉당의 말에 잠시 주춤했다. 그는 내 검술을 눈여겨
보고 있었다.

"아버님의 검술을 기억나는 대로 따라한 것뿐입니다."

"부친께서 조선군에 계셨소?"

"네, 군관을 지냈습니다. 영문포수셨지요."

고개를 끄덕이던 포봉당은 눈을 감고 뭔가를 생각했다.

"그 검술은 무예도보통지에 기술된 쌍수도요. 조선세

법이라고도 하지요. 제대로 안착되지 않았지만 군에서 연마하는 검술입니다. 임진왜란 때 일본검술에 대항하고자 고대문헌에서 찾아냈지요. 괜찮다면 조금 전 하신 지르기의 원형을 보여 주겠소."

노승은 바닥에서 목검을 주어 두 손으로 그러쥐었다. 목검을 쥐고 검을 앞으로 지른 후 위에서 아래로 휘두르더니 다시 처음의 방어자세로 돌아왔다.

"전진 후에는 최퇴방적, 재퇴방적, 삼퇴방적세로 돌아가야 합니다. 공세와 수세가 하나로 이루어져야 하지요. 화려한 초식보다 단순한 한 가지 초식이 더 큰 힘을 가지지요."

그가 목검을 내려놓으며 말했다.

"승행에는 하심이 제일입니다. 교만한 마음을 버리라는 거지요. 사람만이 아니라 짐승이나 벌레에게도 마음을 낮추심이 의과 인을 얻는 법입니다. 당장 눈앞의 적을 물리치려고 하지 않고 몸과 마음을 같이 수행해야 합니다."

나는 고개를 끄덕였다. 포봉당은 몇 가지 세법을 더 보여 주었다. 그가 보여준 동작이 몸에 와 닿을수록 검을 연마하는 것이 두려웠다. 언젠가 이 검술이 나와 타인의 생명을 소멸시킬 것만 같았다.

세법을 끝낸 그는 합장하고 부석사를 향해 걸었다. 달빛에 비친 뒷모습을 가만히 바라보았다. 나는 한동안 그곳에 서 있었다. 달빛은 조금씩 어두워지고 달무리는 더욱 짙게 내려앉았다. 자정이 지날 때쯤 효명의 말대로 비가 내렸다. 내리는 비를 온몸으로 맞은 후에 절에서 하룻밤을 묵었다. 새벽이 되자 비는 조금씩 잦아들었다.

가을이 끝나고 겨울이 왔다. 수확이 끝난 들판은 한산했고 가난은 이전보다 더욱 깊이 농가를 파고 들어와 아궁이를 차갑게 얼려놓았다. 하지만 또다시 봄은 왔고 그렇게 새해가 시작되었다.

봄이 되자 산천이 푸르게 변했다. 농가마다 한해 농사를 준비하느라 분주했다. 논두렁에 매인 소는 뱃속에 송아지를 품었다.

여느 때처럼 장터에 나갔다 돌아오니 심부름하는 아이 하나가 사립문을 열고 급히 들어왔다.

"채진사 어르신이 오라 하십니다."

채기중이 보낸 아이였다. 아이를 따라 채기중의 집에 도착하자 문간방에 그를 비롯해 한훈과 유장렬 등 여러 사람이 모여 있었다.

"보성군 조성면에 주둔한 일본 군부대를 공격할 생각이오."

채기중이 말했다.

"보성에 주둔한 헌병부대 말인가?"

"그렇소. 보성의 양재학과 벌교의 서도현이 의병들을 밀고해 여러 동지가 잡혀가 처형됐소."

유장렬의 말에 채기중이 대답했다.

"그 악질부호 양재학과 서도현 말이군."

"그 일이라면 그냥 넘어갈 수 없소. 왜놈에게 붙어 민족을 팔다니."

"양재학과 서도현을 먼저 처단한 후 헌병대 분소를 습격할 생각이오. 여러분 생각은 어떻소?"

"일본 헌병대의 만행에 농민의 울분이 큰 건 말할 것도 없잖소. 오죽하면 농군이 땅을 버리고 의병에 가담할까."

"그렇소. 의병에 가담하거나 도왔다는 이유로 농민들이 헌병대에 끌려가 처형된 게 한두 번이 아니잖소."

채기중의 문간방에 모인 자들은 헌병대를 습격하기로 뜻을 모았다. 그날 이후 사람들은 수시로 채기중의 집에 모여 거사를 준비했다. 보성과 벌교에 보낸 정탐이 하루에 한 번씩 정보를 보냈다. 첫 번째 목표인 보성의 친일부호 양재학은 의병을 잡아 일본 헌병대에 넘긴 자였다. 여러 차례 경고했지만 양재학은 멈추지 않았다. 벌교의 친일파 서도현은 재산을 늘리고자 농민을 쥐어짰다. 채기중은 나에게 양재학을 처단하는 일을 맡겼다. 한훈은 서도현을 처리하기로 했다. 만주에서 군사교육을 받은 한훈이라면 믿을 만했다. 약속한 날을 일주일 앞두고 채기중이 통문을 돌렸다.

며칠 후 예정된 날이 이르렀다. 거사 당일 새벽을 틈타 등짐을 꾸려 전라도로 떠났다. 등짐에 인삼을 넣고 지팡이를 짚자 영락없는 인삼 행상이었다. 동이 트기 전 풍기에서 대구를 향해 부지런히 걸어야 했다.

풍기에서 하루를 꼬박 걸어 대구에 도착해 약령시의 허름한 약방에서 거사를 함께 할 강병수와 합류했다. 의병 출신인 강병수는 채기중과 비슷한 연배였다.

강병수의 몸에는 한약재 냄새가 났다. 약방 천정에는 약재를 싼 주머니가 매달려 있었고 벽 귀퉁이마다 한자로 가득한 고서가 쌓여 있었다.

약령시에서 하루를 묵고 이튿날 보성으로 떠났다. 보성은 사방이 논밭으로 펼쳐져 진 비옥한 땅이었다. 들판 곳곳마다 푸른빛이 어우러져 잘 정리된 밭은 파란 융단을 펼쳐놓은 것 같았다. 양재학이 사는 곳은 보성군 옥평리 마을이었다. 옥평리에 들어서자 꽝 마른 노인이 달구지를 끄는 소를 몰고 밭길을 지나고 있었다.

"여기가 양진사 댁으로 가는 길이 맞습니까?"

길을 묻자 소 몰던 노인이 쳐다봤다.

"맞소만 댁들은 뉘시오. 처음 보는 얼굴인데."

"등짐장수요. 풍기에서 인삼을 싣고 왔소."

강병수의 대답에 노인은 우리를 훑어보더니 곱지 않은 시선으로 길 건너편을 가리켰다.

"쭉 가다 보면 새로 증축한 기와로 담을 인 큰 집이 나올 거요. 거기가 양진사 댁이오. 이 동네에서 그만한 기와집은 하나밖에 없으니 보면 알게요."

"고맙습니다. 혹시 양진사가 집에 있는지 아시오?"

"아마 있을 거요. 뭐가 그리 무서운지 웬만해선 문밖으로 나오지 않으니."

노인에게 인사하고 그가 가리킨 쪽으로 걸음을 재촉했다.

-진사는 무슨. 왜놈에게 빌붙은 주제에.

등 뒤로 소달구지 모는 노인의 혼잣말이 들려왔다.

노인이 알려준 길을 따라 걸으니 기와로 지붕을 인 집이 보였다. 커다란 대문이 달린 기와집은 주변 여느 집보다 크고 넓었다. 문틈으로 보자 안채로 통하는 작은 문이 보였고 안채까지 거리는 꽤 멀었다. 대청마루는 여덟 칸이고 지붕은 기와를 얹은 팔작지붕이었다.

"이리 오너라."

문 앞에서 소리치자 늙은 종이 나왔다.

"뉘시오?"

"풍기에서 온 인삼장수요. 좋은 인삼이 있어 주인마님께 보여 드리려고 왔소."

"일 없소! 다른 집 알아보시오. 여긴 널린 게 인삼이라."

늙은 종이 퉁명스럽게 말했다.

"거기 무슨 일이냐?"

그때 문안에서 위엄 실린 여자 목소리가 들렸다.

"작은 마님. 웬 등짐장수인데 풍기 인삼을 판다고 합니다."

"들어오라고 해라. 질 좋은 홍삼을 만들 만한 삼이 있는지 보자꾸나."

여자의 말에 종은 마지못해 우리를 안내했다. 안채로 들어서니 작은 마님이라 불린 여자와 얼굴에 검버섯이 가득한 노인이 곰방대를 물고 대청마루에 앉아 있었다. 눈 흰자위가 누렇게 뜬 그가 양재학이 틀림없었다. 부인인 늙은 여자와 첩으로 보이는 여자 옆으로 힘 꽤나 쓸 것 같은 장정 둘이 서 있었다.

"영감, 이번에 홍삼을 만들 거라 하지 않았소?"

"그랬지. 와타나베 소장이 고려홍삼이라면 환장하니

깐."

늙은 여자의 말에 양재학이 곰방대에서 입을 떼며 말했다.

나는 등짐을 바닥에 내려놓고 풀었다. 손바닥에 땀이 흥건해 매듭이 좀처럼 풀리지 않았다. 정신을 가다듬고 천천히 매듭을 풀자 인삼이 든 등짐 사이에 숨겨둔 육혈포가 보였다. 재빨리 육혈포를 꺼내 양재학에게 겨누었다.

"친일 악질부호 양재학을 광복단의 이름으로 처단한다!"

고함에 놀란 양재학이 자리에서 넘어졌다. 기겁한 양재학은 마루를 기어 방으로 도망치려 했다.

탕— 도망가는 양재학에게 총을 쐈다. 총알은 양재학을 스쳐 선반에 놓인 도자기를 깨뜨렸다. 여자들이 비명을 지르며 바닥에 엎드렸다. 기둥 옆에 서 있던 덩치 큰 장정이 돌을 집어 던지자 돌멩이는 내 뺨을 스치고 날아가 장독을 깨뜨렸다.

타탕— 다시 총소리가 들렸다. 강병수가 쏜 총은 돌을 던진 남자의 어깨를 꿰뚫었다. 나는 도망가는 양재학을 쫓아 방으로 들어갔다.

"살려주시오. 나한테 왜 이러는 거요."

목숨을 구걸하는 양재학이 덮어쓴 이불에서 오줌 지린 내가 올라왔다. 양재학의 머리에 총을 겨눴지만, 방아쇠를 당길 수 없었다.

"의병을 밀고해 살해한 친일 부호 양재학은 광복단의 심판을 받으시오."

다시 소리쳤지만 손가락이 움직이지 않았다.

"사, 살려 주시오. 제발"

양재학이 울며 애원했다.

"바보 같은 자식! 저 살인자를 빨리 쏴버려!"

강병수가 고함쳤다. 나는 양재학을 겨눈 방아쇠에 힘을 준다.

탕- 총소리와 동시에 양재학이 바닥에 늘어져 몸을 떨었다. 바닥은 이내 피로 흥건했고 그를 부르는 소리와 놀란 하인의 웅성대는 소리가 귓가에 메아리쳤다.

"이봐, 빨리 나오라고. 언제까지 얼빠진 상태로 있을 건가?"

강병수가 재촉했다. 나는 그에게 이끌려 그곳을 빠져나왔다. 어느새 거리는 몰려든 사람으로 뒤덮였다.

-악질 친일 부호 양재학이 죽었다.

양재학의 죽음을 알리는 소식이 마을에 울려 퍼졌다. 악질 부호가 죽었다는 말이 그곳을 빠져나가는 내내 귓

등에 메아리쳤다.

다음 날 아침 일찍 보성읍 장터에서 한훈과 유장렬을 만났다. 어제의 사건으로 온 장터가 떠들썩했다. 보성의 친일 부호가 의병에게 처단됐다는 말이 사람들의 입으로 전해지고 있었다.

"이미 소문이 퍼졌으니 헌병대의 경비가 삼엄하겠군."

"한시바삐 헌병대가 있는 조성면으로 이동합시다. 아직 거기까지 소문이 나지 않은 것 같으니 눈치채기 전에 기습하는 게 좋겠소."

강병수의 말에 우리는 급히 조성면으로 출발했다. 눈치챈 헌병대가 병력을 충원하기 전에 그곳을 습격해야 했다.

헌병대가 있는 조성면 용정리에 도착한 건 정오 무렵이었다. 조성면에서 이 지역 출신 광복단원 두 명과 합류했다. 그들의 안내를 받아 헌병 분소에서 멀지 않은 언덕에 집결했다. 헌병대가 자리한 언덕은 안개로 뒤덮여 있어 앞을 제대로 볼 수 없었다. 헌병대 건물에서 다소 떨어진 언덕은 풀이 무성하게 자라 몸을 가리기에 충분했다. 그리 크지 않은 헌병대 지역 분소는 첩보대로 군인 열 명 정도가 주둔하고 있었다. 목책을 쌓아 올린 초소와 망루가 설치되어 있을 뿐 중화기는 보이지 않았다. 습격에 대비해 끝을 뾰족하게 깎은 목책은 습기와 바람에 마모돼 위협적이지 않았다.

"망루에 세 명의 헌병이 있고 초소 뒤 참나무에 의병의 시신이 매달려 있소."

그의 말대로 머리카락을 풀어헤친 의병이 나무에 매달려 죽어 있었다. 눈으로 확인할 수 있는 병력은 망루에 있는 헌병 셋뿐이었다. 십여 분이 지나자 헌병 두 명이 초소에서 나와 교대했다.

"우선 다섯 명을 확인했지만 건물 안에 교대 병력이 더 있을 거요."

"첩보대로라면 상주 인원은 십여 명 안팎일 거요."

불과 10리 밖에 일본군 본대가 있지만 본대와의 연결을 끊는다면 승산이 있다.

"주의를 분산시켜 기습하고 바로 여길 벗어납시다."

유장렬이 말했다. 한훈이 오른쪽에서 폭탄을 던져 소동을 일으키면 나와 강병수가 반대 방향으로 들어가 배후를 노리기로 했다. 반격에 대비해 유장렬과 다른 단원 둘이 헌병대 뒤편 언덕에서 엄호하기로 했다. 세 명이 정면에서 공격하고 나머지 세 명이 매복하는 작전이다.

금방 비가 올 것처럼 구름이 끼고 안개가 자욱했지만 우리는 자세를 낮춰 초소 가까이 갔다. 뒤는 산이고 정면은 풀이 자란 언덕이다. 목책 아래 습격에 대비해 풀을 벤 흔적이 보였다. 강병수와 나는 초소 앞으로 다가가 몸을 낮췄다.

콱-

초소 근처에서 폭탄 터지는 소리가 들렸다. 한훈이 던진 폭탄이 망루를 명중시켰다. 우레 같은 소리가 들리며 망루가 파괴됐다. 목재 파편 튀는 소리가 사방에 퍼지며 망루가 기울어졌다. 보초를 서던 헌병이 고함지르며 일제히 뛰어내렸다. 초소에 있던 헌병들은 목책 뒤로 몸을 숨기고 사격 준비를 했다. 강병수의 신호에 맞춰 언덕을 뛰어올라 초소 좌우로 흩어졌다. 그걸 본 보초병들이 총을 쐈다. 언덕 위에 있던 유장렬과 단원들도 초소를 향해 사격을 시작했다. 쏟아지는 총알 세례에 보초병 하나가 비명을 지르며 쓰러졌다. 이내 초소 옆으로 돌진한 한훈의 총에 또 한 명의 보초병이 쓰러졌다. 건물 안에 있던 헌병 세 명이 허둥지둥 달려 나와 총을 들었다. 이내 목책을 사이에 두고 헌병대와 일대 교전이 벌어졌다.

악- 순간 비명이 들려왔다. 왼쪽으로 돌진한 강병수가 총탄에 어깨를 맞았다. 그는 총알이 박힌 어깨를 감싼 채 응사했다. 나는 언덕 아래에 몸을 숨기고 떨어진 총알을 보충했다. 초소에서 부상당한 헌병 하나가 나무 계단을 기어올라 저격용 장총을 집어 들었지만 이내 총을 맞고 쓰러졌다. 한동안 육혈포에서 뿜어져 나온 화염이 천지에 진동했다. 초소의 반응이 잦아들자 언덕에서 엄호하던 유장렬과 단원들이 고함을 지르며 뛰어왔다. 초소까지 적이 들이닥치자 장교로 보이는 헌병 하나가 목책 사이에서 군도를 빼들고 뛰쳐나왔다. 그의 어깨를 겨눠 방아쇠를 당긴 순간 총성과 함께 뭔가가 내 얼굴을 지나쳤다. 이내 총탄이 스친 오른쪽 뺨을 타고 피가 흘러내렸다.

군도를 빼들고 돌진하던 장교는 내가 쏜 총에 어깨를 맞고 목조건물 뒤로 몸을 숨겼다. 초소 뒤에 남은 헌병들은 부상을 입은 채 겁에 질려 나오지 않았고 목적 없는 총소리만 간간이 이어졌다.

"총알이 떨어졌어. 재장전하는 동안 엄호해줘."

강병수가 말했다. 그는 풀숲에 몸을 숨기고 탄환을 장전했다. 총알을 잰 강병수가 일어나 초소를 향해 돌진했다. 총알이 나무에 박힐 때마다 매달린 의병의 주검이 흔들렸다.

-요시!

기합 소리가 들리며 바람과 함께 장검이 나를 덮쳤다. 군도를 빼든 장교가 측면에서 달려들었다. 부상을 입었지만 장교의 공격은 민첩했다. 아슬아슬하게 몸을 빼 공격을 피하자 옷자락 일부가 떨어져 나갔다. 강병수가 그를 겨냥해 총을 쐈다. 몸이 뒤엉킨 난전이라 쉽사리 맞추지 못했다.

장교의 검은 쉴 새 없이 내게 날아들었다. 빈틈을 노린 일격이 사방에서 쏟아졌다. 나는 급히 목책 뒤로 몸을 틀어 바닥에서 기다란 목검을 집어 들었다. 헌병대가 훈련용으로 사용하는 목검이었다. 검을 최대한 길게 뻗어 진검처럼 자세를 잡았다. 검을 대신할 수 있다면 무엇이든 상관없었다. 자세를 잡자 그가 군도를 쳐들고 달려들었다. 나는 목검을 뻗어 공세와 수세에 대비했다. 평소 사용하던 검보단 짧지만 목검은 단단했다. 장교는 기합을 내지르며 피를 탐하는 맹수처럼 돌진해왔다. 나는 막대를 가로로 눕혀 그의 칼을 막아냈다. 다음 합이 오기 전 뒷걸음질로 거리를 두었다. 죽은 의병이 매달린 참나무를 사이에 두고 다음 합을 기다렸다. 나무에 매달린 주검에서 떨어진 핏방울이 뺨을 적셨다. 장교 또한 어깨 부상을 입었지만 노련하게 나를 압박해 들어왔다. 제대로 훈련을 받은 검사가 분명했다. 총상을 입지 않았다면 이미 나를 베었을지도 모른다. 기합과 함께 그가 다시 돌진했다. 몸을 뒤로 빼서 피하자 그의 검이 나무 기둥에 박혔다. 순간 온 힘을 다해 그의 옆구리를 내리쳤다. 쓰러지면서도 그는 몸을 틀어 검을 휘둘렀다.

타탕- 순간 총소리가 들렸다. 한훈이 쏜 총이었다. 군도를 쥔 남자는 끝내 나를 베지 못하고 둔중한 소리를 내며 바닥에 길게 뻗었다.

교전이 끝났다. 들판에 자욱했던 안개는 교전이 끝날 때쯤 서서히 걷혔다. 걷힌 안개 사이로 초소 곳곳을 훑고 지나간 피와 총탄의 흔적이 보였다.

전투가 끝난 자리에는 화기에 그을린 일장기만이 바람에 흩날렸다. 처참하게 죽은 주검이 깃발 아래 참혹하게 널려 있었다. 깃발이 걸린 장대를 부러뜨려 장교의 주검 위로 던졌다. 멀리 지평선 저편으로 해가 저물고 있었다.

나는 과거의 기억에서 서서히 빠져나왔다. 육혈포 총신을 더듬다 코트 안으로 집어넣는다. 동지의 얼굴을 하나씩 떠올린다. 채기중, 박상진, 유장렬, 강병수. 지난날의 동지들은 이제 더 이상 존재하지 않는다. 그들은 살아남은 자의 기억에만 머물 뿐이다. 한훈은 살아 형무소에 갇혀 세월을 보내고 있고 나는 쫓기는 몸이 되었다. 서대문 형무소에 갇힌 한훈을 떠올린다. 그의 얼굴이 오늘따라 기억나지 않는다. 한동안 한훈의 얼굴을 기억하려고 애쓰다 말고 돌아눕는다. 눈을 감고 밤을 기다린다. 이 밤이 지나면 사이토를 처단할 날이 또 하루 다가온다. 촌각을 아껴야 한다. 시간이 많지 않다.

밤이 되자 고봉근이 행랑채로 올라왔다.

"밤이 깊었어요. 슬슬 준비하세요."

그는 조심스레 아래로 내려가 기다렸다. 나는 고봉근을 따라 후암동을 나섰다. 경성으로 돌아온 후 성학사 사무실과 동지들의 집을 떠돌다 후암동 여동생의 집으로 돌아왔지만 경성 어디에도 안전한 곳은 없었다.

인가가 많지 않은 한적한 동네는 발소리마저도 크게 들렸다. 평소처럼 고봉근이 앞서 걸었고 그런 고봉근과 멀찍이 떨어져 걷는다. 겨울바람에 가지만 앙상하게 남은 감나무길 사이를 걷다 코트 속 육혈포가 가슴을 압박하는 느낌이 들어 총을 꺼내 안주머니에 넣으려는 찰나 누군가가 나를 보는 낌새가 느껴졌다. 맞은 편 인가에서 한 여자가 나를 보고 있었다. 며칠 전 마주친 입술에 점이 있는 여자였다.

"아, 안녕하세요."

앞서가던 고봉근이 여자에게 인사했다. 여자도 어색한 표정으로 알은체했다. 몇 마디 일상적인 말이 오가고 여자는 우리가 왔던 쪽으로 사라졌다.

"저 여자는 누군가?"

"앞집에 세들어 사는 여자예요."

앞집이라지만 집 사이로 감나무밭이 있을 정도로 꽤 멀리 떨어진 곳이다.

"총을 꺼내는 걸 봤는데 괜찮을지."

"어두워서 제대로 못 봤을 거예요. 게다가 총이 어떻게 생겼는지 모르는 사람도 많아요."

애써 담담한 어조로 말했지만 고봉근 역시 당황한 듯했다. 여자가 신고라도 한다면 형사들이 들이닥치는 건 시간문제다. 거처가 발각된다 해도 형사 몇 명 해치우는 건 아무것도 아니지만 누이동생과 고봉근에게 피해가 가서는 안 된다.

후암동을 벗어나 고봉근이 돌아간 후 남대문의 성학사 사무실에 도착했다. 불 꺼진 계단을 따라 이 층으로 올라가 현관문을 노크했다. 크게 두 번 짧게 세 번, 예정된 신호였다. 문이 열리자 전우진과 서대순이 기다리고 있었다. 평소보다 초췌해 보였다.

"다른 동지들은 오지 않았나?"

"어젯밤 폭탄 사건 이후 섣불리 움직이지 못하는 것 같아."

대순이 대답했다. 3년 전의 암살단 사건으로 투옥된 전력이 있는 동지 대부분이 어젯밤 사건의 용의자로 지목됐다. 총독부는 이번 일로 눈엣가시처럼 여겨지던 독립지사를 잡아넣을 심산 같았다.

"누군지 예측되는 사람은 없나? 이런 사건이라면 의열단이 개입되었을 가능성이 클 텐데."

대순이 내게 물었다.

"배후에 의열단이 있는지는 나도 모르겠어. 아직 모든 게 안개에 휩싸인 것 같군."

끝내 폭탄을 던진 자가 나라고 하지 않았다. 3년 전 암살단 사건이 있던 날도 전날 사전 검열이 있었다. 하루 전 아지트 삼은 창신동 집으로 형사가 들이닥쳤다. 급습한 형사에게 한훈이 붙잡혔고 간신히 빠져나와 상해로 망명을 준비하던 김동순은 망명 자금을 마련해주겠다는 친일 인사에게 속아 연행됐다. 형사는 확보한 명단에 적힌 동지들을 연행했다. 간신히 도망친 나는 총독부 건물 폭파 계획을 세웠지만 결국 상해로 망명할 수밖에 없었다.

3년 전의 실수를 되풀이해서는 안 된다. 종로경찰서 폭파는 나 혼자만의 일로 충분하다. 다만 예상했던 것보다 큰 피해를 주지 못해 마음에 걸렸다.

"어쩌면 자네가 말한 춘화관 기생과 옆에 있던 남자가

종로경찰서 사건과 관련 있을지도 모르겠어."

대화를 듣던 우진이 말했다. 춘화관 기생이라면 청향을 말한다. 우진은 어젯밤 사건 때 청향과 나운규가 근처에 있었던 걸 아는 걸까?

"그게 무슨 말인가?"

"낮에 경무국을 오가는 우편국 동료에게 들었네. 폭탄이 터진 그 시간에 춘화관 기생 하나가 경무국장 마루야마를 유인했다더군. 경찰서 앞에서 누군가가 마루야마를 저격했고 불과 수초 간격으로 경무계 방에서 폭탄이 터졌지. 그 일로 여자는 수배 대상에 올랐어."

"그 기생이 용의자와 관련 있다는 건가?"

"평소 도도했던 기생이 처음으로 경무국장을 따라나선 날 경찰서에 폭탄이 터지고 경무국장이 저격당했으니 그렇게 생각하는 것도 무리가 아니지. 더구나 종로경찰서라면 아주 좋은 표적이니."

우진의 말대로라면 그들의 계획은 마루야마를 유인해 저격하는 것이었다. 같은 날 거사가 기획된 건 우연이었다.

나는 청향을 처음 본 날을 기억한다. 보름 전 종로 거리에서 혜수와 만난 날 순사들의 눈을 피해 인사동을 헤매던 중이었다. 그날 경성역 시계탑 앞에서 혜수를 만났다.

혜수는 정확히 두 시에 나타났다. 한낮의 경성역을 활보하는 것이 불안한지 자꾸만 주변을 살폈다. 여성 잡지의 표지를 장식하는 신여성처럼 혜수는 하얀 블라우스에 긴 치마를 입고 가슴엔 푸른빛 브로치를 달고 있었다.

"이렇게 다녀도 되나요? 순사에게 들키면 어쩌려고……."

"괜찮소. 각오한 일이니까. 우선 어디 좀 앉지."

혜수를 안심시키고 종로 거리를 향해 걸었다. 혜수가 가슴 졸이며 따라왔다.

대낮의 종로 시내에는 붉은 깃발이 달린 장대를 든 시위대가 보였다. 곳곳마다 순사가 배치되어 시위대를 감시하고 있었다.

"소작쟁의가 예전보다 심해진 것 같군."

"땅도 빼앗기고 없는데 소작료조차 감당하기 어려우니까요. 총독부에선 무조건 진압하려 하겠지만 대부분 살기 위해 거리로 나선 거예요. 농민에게 땅은 탯줄 같은 거니까요."

함경도 해주가 고향인 혜수는 땅을 빼앗긴 일가족이 몰살당한 것을 본 적이 있다고 했다. 조선 전역에 기근이 든 건 어제오늘이 아니었다.

인사동에 있는 찻집에 자리를 잡았다. 대낮의 찻집은 한산했다. 꽃을 수놓은 분홍 저고리를 입은 마담이 우리를 창가 자리로 안내했다.

"상해로 망명하신 뒤 형사들이 자주 찾아왔어요."

자리에 앉자 혜수가 입을 열었다.

"알고 있소. 괜히 가족과 동지에게 폐를 끼치게 됐군."

"그런 말씀 마세요. 그런 이야길 하려는 게 아니에요."

혜수가 말했다.

"몸조심하셔야 해요. 그 말을 하려는 거예요. 미와가 계속 선생님을 수소문하고 있어요."

"종로경찰서의 미와 말이오?"

"네, 그자가 선생님이 상해에서 돌아온 걸 눈치챈 것 같아요. 아이들을 가르치는 저를 찾아와 힐끔대는 것이 뭔가 알고 있는 것 같아요."

혜수는 두려운지 몸을 움츠리며 저고리 소매를 매만졌다. 혜수가 느낀 공포를 짐작할 수 있다. 야누스처럼 여러 개의 얼굴을 가진 미와. 나는 오래전 창신동 언덕에서 엿본 미와를 기억한다. 그날 조용수를 비롯한 조선인 형사를 대하는 미와의 표정은 몹시 자상해 보였다. 조선인 형사들은 그들을 격려하는 미와의 뒤에 숨어 독립지사들을 탄압했다.

-조선은 천황의 은덕으로 근대화를 이루고 있다.

-조선인은 너희를 변절자라 부르지만 결국 너희로 인해 그들도 천황의 신민이 될 수 있다.

미와는 매번 가면을 바꿔 쓰며 달콤한 말로 친일 형사들이 양심의 가책을 느끼지 못하게 했다. 아편과 같은 그 말이 그들의 행동을 정당화시키고 있었다.

"미와는 선생님을 집요하게 추적하고 있어요. 카즈키의 장검을 뺏은 사람이 선생님이란 것도 눈치챈 것 같아요. 윤회를 고문한 이유도 그것 때문에……."

순간 울먹이던 혜수는 말을 잇지 못했다. 윤회라는 이름을 내뱉는 순간 마치 잊고 싶은 기억을 강제로 떠올리기라도 한 표정이었다.

"윤회 소식을 들었어요. 윤회는……, 결국 상해에서 죽었다지요."

혜수의 눈에서 눈물이 흘러내렸다. 혜수는 윤회의 죽음을 알고 있었다.

"언제까지나 함께 싸우기로 약속한 동지였죠."

혜수가 흐느끼기 시작했다. 그때 종업원이 차를 내왔다. 유리잔에 담긴 커피였다. 잔 옆에는 설탕을 담은 작은 그릇이 놓여 있다. 설탕 알갱이를 꺼내 잔에 넣자 검은 커피 속으로 서서히 녹아 들어갔다. 종업원은 눈물을 훔치는 혜수를 힐끔대며 자리로 돌아갔다.

"이야기해 줄 수 있나요? 윤회의 죽음이 어땠는지. 폐병을 심하게 앓았다죠."

혜수는 손수건을 꺼내 눈물을 닦았다. 카운트에서 마담이 신파극이라도 구경하듯 눈물을 훔치는 혜수를 힐끔거렸다.

"상해에서 의원의 치료를 받은 후 한동안 호전되는 것 같았소. 하지만 갑자기 상태가 악화돼 며칠 후 운명을 달리했소."

"그 와중에 장례를 치를 수 있었나요?"

혜수가 묻자 나는 말없이 코트 안쪽 주머니에서 권총을 꺼냈다. 총구가 좁고 긴 육혈포, 상해에서 돌아오는 내내 몸에 지니고 있던 모젤이었다.

"서, 선생님. 이곳에서 함부로 무기를 꺼내면 안 돼요."

깜짝 놀란 혜수가 주변을 살피며 목소리를 낮춰 말했다.

"알고 있소. 다만 보여주고 싶었소. 이것이 윤회요."

나는 권총을 옷소매로 가리고 코트에 넣었다.

"무슨 말씀이세요. 이건 모젤이잖아요."

"맞소, 이건 모젤이오. 하지만 이건 윤회의 목숨과 바꾼 거요. 그러니 윤회와 다름없소."

혜수는 의아한 표정으로 나를 봤다.

"윤회가 죽던 날 나는 관을 사러 상해를 돌아다녔소. 주머니엔 김구 선생이 건넨 삼십 원이 들어 있었소."

혜수는 내 말을 가만히 듣고 있었다. 눈물이 눈언저리를 붉게 물들였다.

"윤회가 죽던 날, 상해의 밤은 나를 미치게 했소. '마도(魔都)'라는 별명으로 불릴 만큼 혼란스러운 상해의 밤이었소. 거리에는 각국에서 몰려든 외국인과 치안대가 보였고 독립군인지 아편쟁이인지 그것도 아니면 일본의 앞잡이일지도 모를 이들이 상해를 배회하고 있었소. 마치 마의 세계라도 온 건지 의심이 들 정도로 온통 환락가였소. 그때 머릿속을 지배한 것은 하나였소. 윤회가 죽었다. 결국 이렇게 내 곁을 떠났다는 생각만이 머릿속을 떠돌았소. 현실에 존재하는 건 거리를 배회하는 나와 조금 전 온기를 잃어버린 윤회의 육신뿐이었소. 상해에 홀로 남겨진 나와 윤회의 육신 말이오."

나는 거기서 말을 멈췄다. 흘러내릴 것 같은 눈물을 애써 참았다. 감정에 지배당해서는 안 된다. 나는 테이블에 놓인 물을 한 모금 마셨다.

"그래서 어떻게 한 건가요. 설마?"

"관 대신 이 권총을 샀소."

"서, 선생님."

놀란 혜수가 입을 가린 채 나를 봤다. 잠깐의 정적이 흘렀다.

"복수하고 싶었소. 윤회를 그렇게 만든 놈들을 하나라도 더 죽여서 말이요. 머릿속은 온통 그 생각뿐이었소."

순간 눈물이 흘렀다. 윤회가 죽은 후 처음 흘리는 눈물이었다. 혜수도 따라 눈물을 훔쳤다.

"임시정부 동지들이 다시 모아준 돈으로 관을 살 수 있었소. 동지들과 함께 윤회를 보산로 장지에 묻어 주었소."

혜수가 고개를 끄덕였다.

"덕분에 나는 돌아올 수 있었소. 동지를 생각하면 목숨을 함부로 할 수 없었소."

혜수는 묵묵히 내 이야기를 들었다. 그녀는 오랫동안 윤회의 죽음을 가슴에 새기고 있었다. 그때 누군가 우리를 주시하는 느낌이 들었다. 주변을 둘러보자 테이블 저편에서 한 남자가 우리를 쳐다보고 있었다. 눈이 마주치자 남자는 고개를 돌렸다. 순사들이 즐겨 쓰는 도리구찌를 쓴 남자였다. 맞은편 건물 창가에서도 누군가 이쪽을 보고 있었다. 혜수에게 눈짓으로 신호를 보냈다. 내 신호를 눈치챈 혜수는 눈물을 닦던 손수건을 테이블에 던지며 울었다.

"그래요. 나 같은 화냥년은 콱 죽어버리겠어요. 그럼 됐죠? 어차피 아이도 당신 애인지 알 수 없으니 잘 됐군요."

혜수는 자리에서 일어나 밖으로 뛰쳐나갔다. 나는 탁자에 지폐 몇 장을 놓고 쫓아가듯 혜수를 따라 나갔다. 연기는 성공이었다. 도리구찌를 쓴 남자는 별일 아니라는 듯 신문을 주워들었다.

밖으로 나오자 거리 저편에서 전차가 들어오고 있었다. 동소문행 전차였다. 혜수는 실연당한 여자처럼 전차를 향해 뛰었다. 마차보다 느리게 경성 시내를 달려가는 전차를 잡아타는 건 어렵지 않았다.

"언젠가 도움이 필요하면 저를 찾으세요. 이건 얼마 안 되는 돈이에요. 필요한 곳에 사용하세요. 그리고 제가 한 말 잊지 마세요. 미와를 조심해야 해요!"

전차에 뛰어오른 혜수가 신문지에 싼 지폐를 던지듯 건넸다. 혜수를 태운 전차는 천천히 시야에서 멀어졌다. 전차가 완전히 사라졌을 때 나는 인사동 거리를 향해 뛰었다. 감시의 눈을 피해 무작정 뛰다 보니 인사동 깊은 곳에 이르렀다. 초조한 마음으로 주위를 둘러봤을 때 멀지 않은 곳에서 누군가가 나를 미행하다 골목으로 몸을 감추는 게 보였다. 누굴까? 미와가 풀어 놓은 개들이 냄새를 맡은 걸까. 나는 오른쪽에 보이는 좁은 골목으로 들어갔다.

골목길로 들어서자 담장이 보였다. 담을 한 번에 뛰어넘어 반대편 담장으로 가자 또다시 골목이었다. 골목길을 한참 달리자 커다란 가옥이 보였다. 담을 넘어 마당으로 뛰어내렸다.

-미와의 개들이 여기까지는 따라오지 못하겠지.

주변을 살펴보니 나를 쫓던 기척이 더는 느껴지지 않았다.

담을 넘어 들어간 곳은 큰 기와집을 수리해서 만든 고급 요릿집 뒤뜰이었다. 주변을 둘러보자 비로소 그곳이 며칠 전 마루야마와 미와를 본 춘화관이라는 걸 알았다. 춘화관 뒤뜰은 잘 다듬어진 풀과 나무로 장식되어 있었다. 대낮이라 손님은 없지만 어딘가에서 저녁 장사에 쓸 전 부치는 냄새가 진동했다. 요릿집은 꽤 웅장하게 지어져 있었다. 여섯 칸이나 되는 대청마루에 고급 기와를 얹은 팔작지붕은 호화로운 느낌을 주었다. 이런 곳에 드나드는 손님은 대부분 총독부 관료나 일제에 봉토와 작위를 받은 친일파다.

양옆으로 늘어선 방 한 곳에서 거문고 타는 소리가 들려왔다. 소리는 청아하고 부드러우면서 힘이 실려 있다. 큰 파도와 잔잔한 파도가 번갈아 일어나듯 여섯 개의 현이 튕겨 울림통을 흔들어 내는 소리는 강하면서도 때론 부드러웠다.

자세를 낮춰 가옥 뒤쪽으로 돌아 거문고 소리가 들려온 방으로 갔다. 소리 난 방을 중심으로 여러 개의 방이 붙어 있다. 기생들이 거처하는 방이었다. 엎드린 채 거문고 소리에 귀를 기울였다. 잠시 후 거문고 소리가 멈추고 여자 목소리가 들렸다.

"청향 언니의 거문고 솜씨는 조금도 변하지 않는군요."

간드러지는 여자의 목소리였다.

"얘는, 이 거문고 솜씨가 어디 가겠니. 청향이의 거문고 솜씨가 경성 안에서도 으뜸인 건 누구나 아는 사실 아니겠니."

"그럼요, 영월 언니. 청향이가 우리 가게의 으뜸이죠. 그래서 청향이는 손님 품에 안기지도 않는다오."

여자의 말에 주변에 있던 기생들이 까르르 웃었다.

"몰랐구나. 난 또 손님들이 청향이를 예뻐하지 않아 그런 줄 알았지 뭐니."

"무슨 말씀이세요? 그럼 언니들은 일본인이 예뻐해 주는 게 좋다는 말이에요?"

여자의 말에 청향이 화난 목소리로 되물었다.

"어머, 얘 좀 봐. 그 일본인들 때문에 우리가 여기서 장사할 수 있는 거야."

"뭐라고요? 영월 언니, 조선인으로서 그게 말이 되나요?"

청향은 다소 격양된 목소리였다. 방에는 한동안 침묵이 돌았다. 잠시 후 영월의 목소리가 들려왔다.

"잘 들어 얘, 우리 집은 대대로 함경도에서 소작농으로 살았어. 일본이 농지를 수탈할 때 그마저도 빼앗겨 버렸지만 말이야. 먹을 게 없어 기생이 되기 위해 조선 권번으로 들어가야 했을 땐 나를 이곳으로 몰아넣은 일본인 지주를 원망하기도 했지. 하지만 지금은 아니야. 곡식이 없어 사람들이 굶어 죽을 때도 우리 가족은 내가 보낸 쌀로 굶지 않으니깐."

차분하게 이야기를 늘어놓던 영월의 목소리가 가늘게 떨리기 시작했다. 여자는 어느새 흐느끼고 있었다.

"슬프지만 영월이 언니 말이 맞아요. 어차피 죽어가는 건 백성이죠. 언제 나라에서 먹을 걸 주었나요? 우리 할아버진 갑오년에 황토현에서 부상당해 평생 누워 지냈죠. 아버진 관가에 맞서 싸우다 맞아 죽었어요. 그리고 난 이곳에 왔죠. 이곳에 왔기에 대장간 막쇠의 딸년 순자가 지금의 월령이가 된 거예요."

그렇게 말하는 여자의 목소리엔 울음이 섞여 있었다. 황토현이란 말에 나는 오래전 삼남지방을 중심으로 일어난 농민운동을 떠올렸다. 여자는 정읍의 황토현에서 일어난 싸움을 말하고 있었다. 비극적인 사건이었지만 대한제국이 망하기 전 이 땅 대부분의 집이 그런 일을 겪었다.

"요즘은 거의 일본인 손님밖에 없어요. 나도 일본인이 좋지는 않아요. 하지만 살아야 하니깐 그들 앞에서 웃는 거예요. 이런 내 맘 언니는 알아요?"

월령은 결국 울음을 터트렸다.

"월령아 네 마음 다 알아. 너만이 아니라 우리 모두 너와 같을 거야. 세상에 웃음을 팔며 행복할 사람은 없지 않겠니."

청향이 월령을 다독였다. 그녀들의 이야기를 듣자 가슴속에서 울컥하고 어떤 것이 터져 나올 것 같았다.

"그런데 언니, 일본인들의 말처럼 정말 사이토 총독을 암살하려는 사람이 있을까요?"

순간 뜻밖의 말이 들려왔다. 사이토란 말에 나는 그 자리에서 얼어붙는 것 같았다.

"갑자기 그게 무슨 소리니. 청향이 얘는······."

"요즘 자주 드나드는 총독부 관료의 대화를 들었어요. 그저께 밤에도 고등계 형사들과 같이 와서 그런 말을 했어요. 사이토 총독이 1월에 신년의회 참석차 동경으로 떠난대요. 그때 총독을 노리는 자들이 있을 거라고 했어요."

청향이 말했다. 나는 바짝 귀를 기울였다. 청향은 분명 1월 21일이라고 했다. 청향의 말대로라면 전우진이 알아낸 사이토가 동경으로 떠나는 날과 이틀이나 차이가 난다.

"어머나, 누가 그런 소리를 했니."

애심이 되물었다.

"우마노라는 자였어요. 형사부장이라더군요. 술에 취해 비틀대며 앞에 앉은 형사들에게 말했어요. 사이토가 동경으로 떠나는 날을 틈타 반드시 일이 터질 테니 너희 둘에게 맡기겠다고. 그리곤 곯아떨어졌어요. 술에 취해 옷고름을 잡고 놓지 않는 걸 달래느라 어찌나 애를 먹었는지 몰라요."

"다른 말은 없었니?"

"그자의 말로는 사이토를 노리는 자들은 예전 암살단

사건 때 달아난 자들이거나 얼마 전 밀양경찰서와 총독부에 폭탄을 던진 의열단원일 거라고 했어요. 총독을 암살하려는 자들이라면 아마도 독립지사를 말하는 거겠죠?"

"그렇겠지. 소위 독립운동을 한다는 사람들 아니겠니."

"위험한 일이로군요. 손에 피를 묻히는 일이라니."

"그렇겠지. 하지만 난 잘 모르겠다. 그 독립지사라는 자들이 하는 일이 옳은 건지. 조선은 예전부터 청나라에 쩔쩔매지 않았니. 그러다 이번엔 일본인들에게 쩔쩔매는 거겠지. 대체 누구를 위해 독립운동을 한다는 거니."

애심이 한숨을 쉬며 푸념하듯 말했다.

"어쨌든 난 총독이 죽었으면 좋겠어요."

"에휴, 청향이 너 어디 가서 그런 소리 하면 무서운 일을 당할지도 몰라. 그러면 우리도 더 이상 이 일을 못 하게 될 거야."

영월이 기겁하며 말했다. 나는 방이 오밀조밀하게 밀집된 안채 뒤뜰에 숨어 말에 귀를 기울였다. 여자들의 대화가 가슴에 들어와 박혔다.

"그나저나 새로 들어온 만담꾼 어때? 재치 있고 잘 생기지 않았니?"

분위기가 어색했는지 누군가가 다른 이야기를 꺼내놓았다.

"나운규라는 그 앳된 젊은이? 남자가 가벼워서 난 싫더라."

"그래요? 전 괜찮아 보이던 걸요."

"얘, 영월인 그런 싱거운 사람이 취향이구나?"

영월의 말에 애심이 핀잔하듯 말했다.

"신극 배우라고 하잖니. 배우라서 괜히 그렇게 보일 뿐이야. 듣기론 예림회라는 극단에서 활동한다더구나."

"나도 들었어요. 함경도 함흥에서 시작한 극단인데 전국을 순회하며 공연을 하고 다닌대요."

"극단에 소속된 자가 요릿집에서 만담은 왜 하는 거니?"

"연극을 보는 사람이 많지 않으니까 그렇겠죠. 소위 모던보이라는 돈 있는 집 아들이나 기모노를 차려입은 관료댁 마님이나 그런 걸 보니까요. 보통사람은 봐도 도통 이해할 수 없는 소리만 해대니 차라리 무성영화를 보는 게 낫겠죠."

"돈도 못 버는 걸 왜 한다니. 그 사람도 참 딱하구나. 그러니 요릿집이나 전전하지."

애심은 여전히 볼멘 목소리였다.

"며칠 전 총독부 관료 앞에서 만담할 때도 순사를 개라고 했다가 쫓겨나지 않았니. 네 발로 짓는 시늉까지 하면서 말이야. 그런 걸 보면 보통사람은 아닌지도 몰라."

"에고, 그 사람도 사서 고생이구나. 조선인이야 그런 말을 해도 웃고 넘기지만 형사들은 그런 말을 듣고 가만히 있을 리 없지."

여자들이 말하는 남자는 며칠 전 춘화관 대문 밖으로 내동댕이쳐진 그자인 것 같았다. 나운규라는 이름을 한 글자씩 내뱉어본다. 어디선가 들어본 이름이다.

"청향이 너는 어떠니? 그 사람 말이야."

영월이 청향에게 물었다. 남자의 이야기가 나온 뒤부터 청향은 말이 없었다.

"저, 전 잘 모르겠어요."

청향의 목소리가 가늘게 떨리는 게 느껴졌다.

"하긴, 네가 신경 쓸 사람은 아니지."

"갑자기 그런 말씀을 하니 소피가 마렵네요. 잠깐 측간에 갔다 올게요."

이내 미닫이문이 열리며 청향은 고무신을 신고 밖으로 나갔다. 가옥 뒤편에 있던 나는 밖으로 나온 여자의 옆모습을 볼 수 있었다. 한복을 곱게 차려입은 여자는 크지도 작지도 않은 체구에 몸이 다부졌다. 갸름한 얼굴엔 하얗게 분을 발랐고 입술도 붉게 칠했다. 여자는 측간에 이르러 주변을 두리번대더니 이내 뒷문으로 나가 인사동 거리에 서 있던 인력거 중 하나에 올라탔다. 나는 인력거를 뒤따라갔다.

여자를 태운 인력거는 거리를 내달려 인사동 한 극장 앞에 멈춰 섰다. 인력거에서 내린 청향은 품에서 한지에 쓴 편지를 꺼내 매표소 직원에게 내밀었다. 편지를 건넨 청향은 다시 인력거를 타고 요릿집으로 발길을 돌렸다. 나는 전봇대 뒤에 숨어 그 모든 광경을 지켜보고 있었다. 그때 거리에 낯익은 한 무리의 순사들이 제복을 입고 지나가는 게 보여 청향의 뒤를 쫓는 것을 그만두었다.

오후의 경성 시내는 폭풍전야처럼 고요하기만 했다. 청향을 태운 인력거가 빠져나간 인사동 저편으로 슬며시 긴 그림자가 드리워지고 있었다. 그 뒤로 서서히 어둠이 몰려오고 있었다. 나는 주변이 어두워지길 기다린 후 인사동을 빠져나왔다.

그것이 청향을 처음 본 날의 기억이다. 그런 청향이 마루야마를 저격하기 위해 종로경찰서로 유인했다니 그때는 생각지도 못한 일이었다.

"마루야마가 저격당한 후 그 여자는 사라지고 없다더

군. 일하던 요정에서도 자취를 감췄고 말이야. 어쨌든 대단한 일을 했지."

그의 말대로 청향은 굉장한 일을 했다. 나는 어젯밤 청향의 맞은편에서 걸어오던 나운규를 떠올렸다. 경성극장에서 상연한 체홉의 〈청혼〉에서 나탈리아를 연기하며 나운규는 천천히 때를 기다렸다. 마루야마 저격 후 그는 어떻게 되었을까. 무사히 경성을 빠져나갔을까.

"우리 외에도 마루야마를 처단하려는 자가 있다니. 놀랍군."

"아직 감상에 빠질 때가 아니네. 사이토가 동경으로 떠나는 날이 불과 며칠 앞으로 다가왔어."

감탄하는 대순에게 말했다.

"정말 이대로 거사를 진행할 건가?"

우진이 내게 물었다. 나흘 후 사이토의 출국을 앞두고 경성의 경비는 이전보다 더욱 삼엄하다. 게다가 우리에겐 제대로 된 무기조차 없다.

"내게도 생각이 있네. 황옥을 만나볼 생각이야."

"고등계 형사 황옥 말인가?"

우진이 되물었다.

"맞아, 그 황옥이지. 이미 그에 대한 정보를 파악했어."

"조심해야 할 거야. 황옥은 언제든 일본의 개 노릇을 할 수 있는 자니."

"걱정 마. 따로 계획이 있으니. 참, 종로경찰서 폭파 현장에 있었다는 청향이란 여자의 행방을 알아봐 주겠나? 이유는 묻지 말고."

내 말에 우진은 의아해하면서도 알겠다고 했다. 왜인지 청향과 나운규가 아직 경성에 있을 것만 같았다. 나는 우진과 대순을 두고 성학사를 빠져나와 서대문으로 향했다. 황옥을 찾아갈 생각이다. 김원봉의 편지에 적힌대로 그가 진정으로 거사를 돕기로 했다면 당장 필요한 무기를 요청할 수 있을 것이다. 하지만 그의 진심이 다른 곳에 있다면 일이 커지기 전에 그를 처단해야 한다. 마음속에서 어쩌면 황옥 역시 총독부의 희생양인지도 모른다는 생각이 뇌리를 떠나지 않았다.

나는 코트 속에 손을 넣어 손끝으로 육혈포를 더듬는다. 육혈포의 금속성이 느껴진다. 모젤은 오랫동안 내 가슴의 온기를 그대로 간직하고 있었다.

재즈바에서 만난 자
(7일 전)

다음 날 황옥을 만나러 간 곳은 서대문에서 멀지 않은 재즈바 환희였다. 오전에 안홍한이 신의주의 연락책인 유석현을 통해 황옥이 이곳에 자주 드나든다는 정보를 알려주었다. 황옥이 이곳 마담과 연인 관계라는 소문도 있었다.

　황옥은 변절자로 의심받는 김한을 대신하여 거사를 돕도록 김원봉이 지목한 자였다.

　김한을 만난 후 폭탄의 행방을 찾아 신의주까지 가 안홍안이 가져온 김원봉의 편지에는 황옥을 가리키고 있었다.

　-김한을 대신해 거사를 도울 자를 보내겠네.

　안홍한이 가져온 김원봉의 편지 내용을 떠올린다. 김한을 대신할 자라니. 이미 폭탄이 상해로 돌아간 지금 그것이 무슨 의미가 있을까.

닷새 전 황옥의 편지를 받던 날이었다.

똑똑- 누군가가 내가 숨어 있던 성학사 사무실 문을 두드리는 소리가 들렸다. 숨을 멈추고 몸을 낮춰 문 앞에 바짝 붙었다. 코트에 손을 넣어 모젤의 방아쇠에 손가락을 걸었다. 언제 소리가 들렸냐는 듯 밖은 고요했다. 잠깐의 침묵 후 다시 문 두드리는 소리가 들렸다.

"계세요?"

앳된 소년의 목소리. 나는 숨을 고른다.

"안 계세요?"

소년은 문고리를 잡고 흔든다. 낡은 현관문이 삐걱댔다.

"어떤 분이 이곳에 가면 사람이 있을 거라고 했어요. 의백이 보낸 사람의 편지를 가져 왔다고 하면 알 거라고 했어요. 여기 두고 갈게요."

의백, 의백이란 김원봉의 다른 이름이다. 의백이란 말에 순간 놀랐다.

이내 계단을 내려가는 소리가 들린다. 나무계단 밟는 소리에 실린 무게로 봐서는 체구가 크지 않은 소년이 분명하다. 손거울을 문틈으로 내밀어 밖을 살핀다. 소년은 이미 사라지고 없다.

잠복해 있을지 모를 형사에 대비해 경계를 늦추지 않

는다. 십여 분이 지났지만 인력거 끄는 소리와 바람소리만 간간이 들려올 뿐이다. 살며시 현관문을 연다. 모젤을 쥔 손에 땀이 차 있다. 몸을 날려 현관 밖으로 총을 겨누어 보지만 아무도 없다. 다만 겉봉투가 너덜너덜해진 편지 한 통이 놓여 있을 뿐이다.

봉투를 들고 사무실로 들어와 노다의 책상에 놓인 램프를 켠다. 편지지 첫머리에 황옥(黃鈺)이라 적혀 있었다.

황옥, 뜻밖의 이름에 놀라지 않을 수 없었다. 변절자로 알려진 고등계 형사 황옥. 그자가 왜 내게?

황옥의 편지는 사이토가 동경으로 떠나는 날이 변경되었다고 알리고 있었다. 1월 22일에 예정된 동경행은 총독부의 조선사 편찬위원회 설치로 1월 19일로 당겨졌다. 더구나 편지에는 황옥이 김한을 대신해 폭탄을 맡게 됐다고 했다. 이해할 수 없는 말이다. 고등계 형사 황옥이라니. 그는 3년 전 벌어진 암살단 사건 때 사전 검열이 있을 거라 미리 알려줘 동지들이 도망갈 수 있게 도움을 주기도 했지만 그만큼 독립군을 잡는데 협조했기에 언제든지 친일 경부로 얼굴을 바꿀 수 있는 경계에 있는 인물이었다.

하필 왜 황옥이란 말인가. 더구나 내가 성학사 사무실에 있다는 걸 어떻게 안 걸까? 나는 편지를 구겼다. 이해할 수 없는 일이 벌어지고 있다. 대체 어떻게 된 일인가.

그날 밤 황옥이 보낸 편지의 진의를 확인하기 위해 안홍한과 전우진을 만났다.

"뜻밖의 일이군요. 김한의 변절 소문으로 다른 이를 지목한 건 이해하지만 하필 황옥이라니."

안홍한 역시 놀란 표정이었다. 황옥의 편지가 거짓이 아니라면 김원봉은 이 일을 철저히 비밀리에 진행하고 있었다.

"신의주에 있는 연락망을 통해 최대한 정보를 수집해 줘. 부탁하네."

"알겠어요."

안홍한을 급히 신의주로 보내고 전우진에게는 황옥의 움직임을 조사해 달라고 했다. 다음 날 우진은 총독부 출입 기자로부터 얻어온 황옥에 관한 자료를 넘겨주었다.

"황옥 그자는 평양과 진남포재판소, 해주지방법원 송화지청의 검사국 서기 겸 통역관으로 근무한 기록이 있어."

"일본인과 같이 일한 경력이 밀정 혐의에 한몫했겠군."

"그 때문에 3.1운동 직후 그자가 한성 정부 인사들과 상해로 망명했지만 임시정부에서 그를 쫓아냈다고 해."

3.1운동 직후 한성 임시정부가 상해 임시정부로 망명
해온 일이라면 나 역시 기억하고 있다. 상해 임시정부
요인들이 한성 임시정부의 인사들과 같이 온 황옥을 밀
정으로 의심한 것도 무리는 아니었다. 일본의 관공서에
서 근무한 기록은 그의 발목을 잡았다. 분열된 정부를
통합하는 과정에서 그 일은 불미스러운 기억이 되었다.

　"그렇다면 황옥이 일본의 밀정일 가능성이 크다는 건
가?"

　"꼭 그렇지는 않아. 그자가 독립의 뜻을 품고 이중 첩
자를 자처한다는 말도 있어."

　"한성 정부 인사들을 의심한 사건이라면 황옥의 간첩
혐의가 아니라 한성 임시정부에 대한 불신일 수도 있겠
군."

　상해 임시정부와 한성 임시정부는 오랫동안 반목을 거
듭했다. 중국 상해와 한성, 그리고 러시아 블라디보스토
크를 기점으로 각자 출범한 임시정부는 3.1운동을 기점
으로 상해를 중심으로 통합했지만 서로 다른 독립노선
을 추구하던 그들은 해결해야 할 과제가 많았다.

　"그럴 가능성도 무시할 수 없네. 어쨌든 황옥에 관해
서는 독립지사 사이에서도 의견이 갈라져. 그가 일본의
관공서에서 요직을 맡았으니 의심하는 것도 무리는 아

니겠지. 다만⋯⋯."

"뭔가? 어서 말해보게."

나는 우진을 재촉했다. 우진도 혼란스러워하고 있었다.

"조선인 형사 중에서도 실제로는 독립운동을 돕는 자가 있는 건 사실이네. 몸은 권력에 속해 있어도 영혼까지 버릴 순 없었던 거지."

"하지만 그만큼 위험한 자인 건 틀림없어. 상황에 따라 이렇게도 저렇게도 역할을 바꿀 수 있을 테니."

카멜레온처럼 모습을 바꾸는 황옥의 진심을 알아낼 방법은 없다. 조국에 등을 돌린 자도 그런 조국을 끌어안은 자도 자기만의 이유가 있을 것이다. 황옥의 본심을 알기 전 섣불리 움직일 수 없다. 그것이 어떤 결과를 가져다줄지 나는 알지 못한다.

신의주에서 연락망을 만난 안홍한은 다음 날 오후 늦게 경성으로 돌아왔다. 안홍한은 말없이 품에서 한 통의 편지를 꺼내 건넸다. 김원봉의 편지였다.

─동지들의 혼란스러움을 모르는 것은 아니지만 나는 황옥에게 폭탄을 맡기기로 결정했네. 거사일이 내년 1월 17일로 바뀌었다는 말은 들었을 거네. 그때까지 폭탄을 반입할 수 있을지는 장담할 수 없네. 김한이 변절했다는

소문에 애초 계획이 틀어졌다는 걸 알고 있을 거네. 폭탄을 다시 들여올 때까지 거사는 연기하겠네. 당장 사이토를 처단하는 일은 전적으로 상옥 동지가 판단해주게. 자초지종은 언젠가 밝히겠네. 의기로 때를 기다리면 기회는 반드시 올 거라 믿네.

필체로 보아 김원봉의 친필 편지가 분명했다.

"신의주에 머물고 있는 윤소용에게 물어보니 의백이 김한을 대신해 황옥을 지목한 게 사실이라더군요. 우리가 떠난 후 황옥이 상해에서 의백을 만나고 간 걸 확인했어요. 성학사 사무실에 머무는 걸 의백이 알려준 것 같아요."

믿을 수 없는 말이었지만 안홍한의 말을 의심할 순 없었다.

"의백은 오래전부터 고등계 형사 황옥과 국내 진공 작전을 준비하고 있었어요. 우리의 계획 또한 그 일환이었죠. 김한이 변절자일 수 있다는 걸 알지만 의심 없이 무기를 반입하려면 황옥만 한 카드도 없었던 거죠."

그의 말대로 독립군 검거에 잔뼈가 굵은 황옥이라면 쉽게 무기를 들여올 수 있을 것이다. 안홍한의 표정은 담담했다. 그는 이미 현실을 받아들이고 있었다.

"그가 활용 가치보다 위험 요소가 더 큰 카드라는 걸

김원봉이 모를 리 없겠지?"

"황옥은 몇 번이고 독립운동에 가담하려 했지만 고등계 형사 출신이란 이유로 번번이 첩자로 몰렸죠. 의백은 황옥이 진심으로 거사에 가담할 거라 믿는 것 같아요. 그가 얼마나 위험한지 알면서도 쓴다면 의백도 다른 뜻이 있을 거예요."

몇 해 전부터 황옥이 독립군 주변을 배회한 건 사실이다. 김원봉은 정말 다른 뜻이 있어 그를 기용한 걸까. 그의 진심은 무엇일까?

"자네 생각은 어떤가?"

내 말에 뭔가를 생각하던 안홍한이 무겁게 입을 열었다.

"지금은 의백의 뜻을 따를 수밖에 없어요. 이대로 물러설 순 없잖아요."

틀린 말은 아니지만 상대는 베일에 가려진 그림자와 같은 인물이다. 대체 무엇을 믿어야 할까.

―정의의 사를 맹렬히 행한다.

나는 의열단과의 맹세를 떠올린다. 지금 믿을 수 있는 건 그것뿐이다. 옳다고 믿는 대로 행한다면 어떤 결과도 받아들일 각오였다. 그날 밤, 나는 늦은 시각 거리로 나왔다. 한참을 걷다가 인적이 드문 골목에서 김원봉의 편지를 다시 읽었다. 여러 번 되풀이하여 읽고 나서야 비로소 뜻을 정할 수 있었다.

재즈바에 들어서자 입구부터 음악이 흘러나왔다.

환희의 마담 이름은 희였다. 웃을 때 살짝 치켜 올라가는 입꼬리와 사람을 끌어당기는 눈웃음이 매력적인 여자라고 했다. 유석현은 황옥과 친분이 있었다. 그가 밀양경찰서 폭파사건으로 경성으로 압송될 때 보석으로 풀어준 자가 황옥이었다. 유석현은 황옥을 믿고 있었다. 황옥은 생계를 위해 고등계 형사로 일할 뿐 마음속에는 독립운동의 뜻을 품고 있다고 했다. 좀처럼 이해하기 어려운 말이었다.

환희는 모던풍의 이국적 느낌의 재즈바였다. 실내는 다소 어두웠고 그 어둠 사이로 천정의 크리스털 샹들리에가 은은한 빛을 발산했다. 홀 한쪽에 놓인 전축에서 감미로운 음악이 흘러나왔다. 제목을 알 수 없는 색소폰 연주곡이었다.

몸매가 드러난 모던풍 붉은 드레스를 입은 짙은 화장을 한 여자가 나를 맞았다. 그녀가 희라는 걸 직감했다. 나는 바에 앉았다. 바 뒤로 고급 양주가 진열되어 있고 거꾸로 세워놓은 유리글라스가 은은한 조명을 받아 빛났다.

"맥주 드시겠어요? 화란에서 들어온 하이네켄이란 맥주가 있어요."

"아니 커피로 하겠소. 기다리는 사람이 있어서."

주문을 받는 희의 얼굴에 살짝 미소가 비쳤다. 소문대로 매력적인 눈웃음이었다.

멀지 않은 테이블에 젊은 남자 두 명이 앉아 이야기를 나누고 있었다. 기름을 발라 넘긴 머리에 멜빵바지와 흰 셔츠, 목에 나비넥타이를 맨 그들은 소위 말하는 모던보이였다. 테이블엔 조금 전 여자가 권한 별모양 마크가 그려진 녹색 맥주병이 놓여 있었다.

"상해 임시정부? 흥! 나라가 망해버린 틈을 타 한자리 차지하고 싶은 자들이 모여 자리싸움하는 곳이지. 프랑스 조계 지역에 숨어 입방아만 찧어대는 꼴이라니."

안경을 낀 남자가 취한 목소리로 말했다.

"난 차라리 만주로 가겠네. 독립군 부대가 괴멸됐다지만 만주는 그나마 진짜들이 모인 곳이야. 입으로 떠들고 출세에 눈먼 인간들이 득실대는 상해와는 다르지."

맞은편 남자가 받아쳤다. 젊은 혈기에서 하는 말이지만 틀린 말은 아니다. 하지만 근사하게 차려입은 정장과 고생이라곤 해본 적 없는 하얀 피부가 부유한 집안 자재의 어리광처럼 느껴졌다. 그때 문 여는 소리가 들리며 중절모를 쓴 남자가 들어왔다. 마담이 남자를 반갑게 맞았다. 남자는 바바리를 벗어 여자에게 건넸다. 눈썹이 짙고 눈빛이 매서운 남자였다. 한눈에 그가 황옥이란 걸 직감했다. 그는 나를 힐끔 보더니 의자 하나를 사이에 두고 나란히 앉았다.

"위스키 한 잔 부탁해."

마담은 그가 주문한 위스키를 가져다주었다. 위스키 잔을 드는 황옥은 유석현이 알려준 대로 왼손잡이였다. 왼쪽 손의 엄지와 검지에 박힌 굳은살이 그가 총을 많이 쏴본 사람이란 걸 알려주었다. 나는 코트 주머니에 손을 넣어 육혈포의 감촉을 느낀다. 그가 다른 마음을 품고 있다면 언제든 쏠 생각이다. 클로드니케의 방아쇠에 손가락을 걸고 그가 있는 쪽으로 갔다. 낌새를 느낀 황옥이 고개를 돌렸다.

"김원봉을 알고 있나?"

목소리를 낮춰 그에게 말을 걸었다. 황옥은 예상한 듯 침착해보였다.

"나를 기다린 건가? 당신은 누구지?"

"김원봉과 뜻을 같이하는 자 중 하나지."

"경성 피스톨 김상옥이군."

황옥은 아무렇지 않은 표정으로 위스키를 한 모금 마시며 말했다. 동요하지 않고 차분한 표정이었다. 암살단과 광복회 사건으로 경성 피스톨이란 별명으로 고등계 형사의 수사망에 수없이 오르내린 나를 황옥은 잘 알고 있었다. 글라스를 테이블에 내려놓는 그와 눈이 마주쳤다. 그의 눈은 깊이를 가늠할 수 없는 미궁이었다.

　　"밖으로 나가겠나?"

　　차분하게 말을 뱉으며 황옥은 일어나 밖으로 나갔다.

　　해가 진 서대문로 저편으로 전차가 들어오고 있었다. 화려한 전등이 켜진 상점과 술집 사이로 아직 귀가하지 않은 사람들이 거리를 배회하고 있었다. 가로등 앞에 선 황옥은 주머니에서 담배를 꺼내 불을 붙인 후 한 모금 깊게 빨아들였다.

　　"내가 환희에 올 거란 걸 어떻게 알았나?"

　　"그건 중요하지 않을 것 같군."

　　"첩보가 있었나 보군. 싫으면 말하지 않아도 좋아."

　　그렇게 말하며 황옥은 쓸쓸하게 웃었다.

　　"상해에서 김원봉을 만났다고 들었소."

　　"만났지."

　　다소 조소 섞인 말투였다. 나는 코트 속 육혈포의 금속성을 손끝에 담았다.

"그렇게까지 경계할 건 없네. 내 모든 걸 말하지."

잠깐 뜸을 들이더니 그가 말을 시작했다.

"작년 말쯤 총독부에서 나를 상해로 밀파했네. 조선의 사회주의 지도자와 극단적 무정부주의 테러단체의 활동을 조사하라는 지시였어."

황옥은 물고 있던 담배를 비벼 끈 후 다른 한 개비의 담배에 불을 붙였다. 담배를 깊게 빨아들인 그는 허공에 연기를 뿜었다.

"나는 번번이 총독부의 밀정으로 몰렸네. 총독부 산하 검사국에서 서기 겸 통역으로 일한 이력 때문이지."

"알고 있소. 상해 임시정부에서 문전박대를 당한 일도."

"이쪽이든 저쪽이든 언제든 얼굴을 바꿀 수 있다고 생각한 거지. 그것이 늘 나를 따라붙는 꼬리표이기도 했고. 나도 그런 상황을 이해하지 못하는 건 아니었네."

잠시 말을 멈춘 황옥은 뭔가 생각하듯 고개를 들어 하늘을 바라봤다.

"상해로 밀파를 자청한 건 나였어. 내게 주어진 상황을 이용한다면 뭔가를 할 수 있을 거로 생각했지. 어쨌든 그 길로 상해에서 김원봉을 만나 무장투쟁에 동참하기로 했네. 작년 말의 일이야."

작년 말이면 내가 경성으로 떠난 지 얼마 되지 않았을 때다. 황옥이 김원봉을 찾아간 것과 밀파를 자청한 것은 김원봉의 편지에도 적혀 있었다.

"전후 사정은 대충 알고 있소. 다만 궁금한 게 있어 물어보는 거요."

"의열투쟁을 도우려는 진짜 이유를 알고 싶은 건가?"

"그렇소."

황옥은 나의 생각을 읽고 있었다.

"이유는 간단하네. 나도 조선인이기 때문이지."

순간 조소가 흘러나왔다. 그것이 이제까지 독립지사를 잡아들이는데 협력한 친일 형사의 입에서 나올 말인가. 나도 모르게 입꼬리가 올라갔다.

"비웃겠지. 나도 알고 있네. 그 누구도 내 말을 쉽게 믿지 않을 거란 걸."

"맞아. 방금 나는 당신을 쏴버리고 싶었어. 이제 와서 조선인이라니."

"자네가 분노하는 걸 충분히 이해할 수 있네. 하지만 사람들이 생각하는 것처럼 조선인 형사가 부귀영화를 누리는 건 아니야. 몇 푼을 쥐기 위해 평생 탈을 쓰고 사는 삶이 역겨웠네. 탈을 바꿔 쓸 수는 있어도 뼛속에 새겨진 정신까지 갈아 치울 순 없으니."

나는 황옥의 눈을 봤다. 그의 눈은 나를 피하지 않았다. 거짓말을 하는 자의 눈빛에 나타나는 미세한 떨림이 느껴지지 않았다. 황옥의 눈빛은 진심일까.

"당신이 무슨 말을 해도 나를 완전히 설득하진 못할 거요. 다만 지금은 당신을 믿으라는 김원봉의 말을 따르려 할 뿐이오."

"궁금하군. 당신들은 왜 김원봉의 말대로 움직이는 거지?"

"잘못짚었군. 나는 김원봉의 뜻대로 움직이는 게 아니라 맹세한 대로 이행하는 것뿐이오. 그것이 나와 동지를 위하는 것이라 믿기에."

내 말에 황옥은 가만히 고개를 끄덕였다.

"용건을 말하겠소. 정말 나를 돕겠다면 무기를 구해주시오."

"안둥현으로 돌아간 무기가 언제 다시 들어올지는 나도 알 수 없네."

그 말은 사이토의 동경행에 맞춰 무기를 가져오는 것은 애초에 불가능하다는 말과 다를 바 없다. 황옥은 담담한 표정으로 나를 보더니 자신이 차고 있던 육혈포를 내밀었다.

"이거라도 필요하면 쓰게. 호신용 권총이야."

그가 내민 건 중국에서 밀거래되는 마우저 소총이었다. 말없이 총을 받아 쥐었다.

"이틀의 시간을 준다면 암시장에서 폭탄을 구해 주겠네. 상해로 돌아간 폭탄과는 비교할 수 없지만 당장 필요하다면 구해 보겠다는 거네."

나는 황옥을 쳐다봤다. 그 눈빛이 무엇을 향하는지 정확히 알 수 없었다.

"좋소. 이틀 후요. 잊지 마시오."

그렇게 말하고 돌아서자 등 뒤로 황옥의 목소리가 들렸다.

"종로경찰서에 폭탄을 투척한 용의자를 수배하라는 명령이 지서마다 전달되었어. 당신도 용의자 중 하나야. 몸조심하시게. 미와가 당신을 노리고 있으니."

미와가 나를 주시한다는 말이 가슴을 파고들었지만 내색하지 않았다. 그 말대로라면 미와는 내가 상해에서 돌아왔다는 걸 알고 있다. 황옥은 종로경찰서에 폭탄을 던진 자가 나라는 것도 눈치챈 걸까?

황옥과 헤어진 뒤 서대문 거리로 나섰다. 뎅뎅- 종소리가 들리며 대로 저편에서 전차가 들어오고 있었다. 막차임을 알리는 종소리가 서대문로 일대에 울려 퍼졌다.

늦은 밤의 경성 거리는 검문 중인 순사 몇 명만이 지키고 있었다.

나는 큰길을 따라 걸었다. 멀리 서대문형무소에서 뻗어 나온 빛이 경성 하늘을 밝히고 있다. 서둘러 종로를 향해 걷는다. 검문이 강화되기 전까지 경성 시내를 벗어나야 한다. 종로 거리에 이르자 낯익은 형사 두 명이 보였다. 방향을 틀어 건물 사이에 난 길로 들어갔다. 길을 따라 골목을 배회하며 걷다 주변을 둘러보자 눈에 익은 거리가 나타났다. 종로 거리 뒤편에 즐비한 일본인 집단 거주지였다. 오래전 미와의 검술을 훔쳐본 거합 도장이 근처에 있다. 주변을 둘러보자 예상대로 거합(居合)이라는 현판이 걸린 대문이 보였다. 늦은 밤 도장은 자그마한 소리조차 들리지 않았다.

오래전 이곳에 왔던 날이 떠올라 도장 담벽에 올라가 안을 들여다봤다. 불 꺼진 도장은 예전과 다를 바 없었다. 다다미가 깔린 나무 바닥과 단 위에 놓인 일본도가 도장 분위기를 더욱 무겁게 했다.

그때 어둠 속에 한 남자가 앉아 있는 게 보였다. 헉- 입 밖으로 소리가 튀어나왔다. 낌새를 느낀 남자가 눈을 떴다. 어둠 가운데 남자의 눈이 빛나고 있었다. 그의 눈에서 발산한 빛이 나를 덮쳤다. 내 기억이 틀리지 않다

경성의 봄 1923

면 그는 카즈키다. 오래전 내게 군도를 빼앗긴 카즈키. 카즈키는 오래전 미와와 똑같은 자세로 앉아 있었다. 하지만 다시 도장을 들여다봤을 때 그곳에는 아무도 없었다. 환영이었다. 다만 누군가 조금 전까지 머문 것처럼 빈 방석이 놓여있고 단 위에는 일본도 한 자루가 달빛에 반사돼 빛나고 있을 뿐이었다.

한참 검을 바라보다 담을 내려와 골목을 빠져나갔다. 등 뒤로 휙- 하고 바람 소리가 들리는 듯했다. 그것은 검이 허공을 가르는 소리였다.

그날 밤 서대문을 빠져나가는 내내 카즈키를, 그의 눈빛을 떠올렸다. 그는 집요하게도 사념 속에서 나를 쫓고 있었다.

후암동 아기의 집 다락에 누워서도 카즈키의 눈빛은 나를 놓치지 않았다. 칠흑같이 어두운 그 밤 나는 눈을 감고 그날의 일을 떠올렸다.

창신동에서 멀지 않은 종로 뒷거리에 검술 도장이 생겨나기 시작한 건 5년 전이다. 일본인의 상가 밀집지역인 남촌의 진고개와 혼마치에 일본인이 몰려들면서 자연스레 도장이 세워졌다. 몇 개의 도장 중 유독 거합(居合)이라 새긴 목판을 내건 도장이 눈에 들어왔다. 도장에서 울려 퍼지는 기합과 함께 무엇보다 정체 모를 귀기가 그곳에서 스며 나왔다.

어느 날 낙산에서 내려오는 나를 누군가 빤히 쳐다봤다. 대나무를 세워놓은 집 앞에 서있던 노파였다.

"젊은이는 기운이 너무 강해 영들이 어쩔 줄 몰라 주변을 맴도는 상이라오."

노파의 뒤로 붓으로 휘갈긴 영(靈)이란 글자가 붙은 대문이 보였다. 낙산 아랫동네에는 무당집이 많았다. 마을 중앙에는 수호신을 모시는 도당이 있고 도당에는 낙산 산신령을 모셨다. 낙산은 점괘가 영험하기로 소문이 나 수많은 무속인이 몰려들었다.

"호인이 될 거란 말이오!"

어리둥절한 내게 노파가 말했다.

"하지만 조심해야 할게요. 강한 호랑이에게는 창귀가 달라붙는 법이지. 아무렴."

정신 나간 노파의 말이지만 말 속에 사람을 압도하는 기운이 있었다. 한동안 그 말이 머리에서 떠나지 않았다. 그 말 때문인지 한동안 도장을 지날 때면 귀기 서린 어떤 기운이 나를 붙잡았다. 며칠 후 그곳을 지나던 중 알 수 없는 기운에 이끌려 나도 모르게 담벼락에 올라가 도장을 엿본 적이 있다. 마침 주변이 한적해 사람이라곤 보이지 않았다. 담 위에서 내려다본 도장은 수련장으로 쓰는 커다란 방이 있고 방에는 일본도와 검집이 나란히 걸려 있었다. 검이 걸린 곳에서 몇 발 떨어지지 않은 곳에 한 남자가 보였다. 다다미가 깔린 마루에 무릎을 꿇고 눈을 감은 채 명상에 잠긴 남자. 남자는 새하얀 도복을 입었고 눈썹은 짙었다. 무릎 위로 가지런히 모은 손은 검을 쥐고 있었다.

남자는 한동안 그곳에 바위처럼 앉아 있었다. 태양볕이 손을 뻗어 천천히 남자에게 다가갔다. 볕이 다가온 걸 눈치챈 남자가 눈을 떴다. 그리고 찰나의 순간이었다. 바람이 스치는가 하더니 남자는 앉은 채로 허리를 세우고 검을 쳐들었다. 폭이 넓은 도복 아래로 남자의 다리가 벌어졌다. 검집에서 뽑아 낸 검은 검신이 족히 세 자는 되어 보였다. 검신에 한 줄기 빛이 반짝이며 유성같이 흘러내렸다. 검을 두 손으로 움켜쥐고 머리 위로 쳐든 남자는 검을 아래로 곧게 내리쳤다.

붕- 검을 휘두르는 소리. 허공을 가른 검은 남자의 정면으로 길게 뻗었다. 잠깐의 침묵 후 남자는 검집을 왼손으로 잡고 검을 밀어 넣었다. 검이 절반 이상 들어가자 호흡을 가다듬고 검집에 마저 밀어 넣었다. 한 치의 오차도 없는 자세. 남자의 검에서 뿜어져 나온 기운은 지켜보던 나를 압도했다. 순간 담벼락을 지탱하던 팔에 힘이 빠져 바닥으로 떨어졌다. 쿵- 하며 발이 땅에 닿는 소리에 도장 안이 술렁였다. 누군가 문을 열고 내다보는 소리에 급히 자리를 벗어났다.

돌아오는 내내 검을 휘두르던 남자의 얼굴에 드리운 귀기가 뇌리를 떠나지 않았다.

며칠 후 몽상신전류 수련관에 누군가가 침입했다는 소문이 들렸을 때 비로소 그 검술의 유파가 몽상신전류(夢想神傳流)라는 걸 알았다. 몽상신전류, 불필요한 자세를 줄이고 최소한의 동작으로 상대의 허를 찌르는 검술. 그것은 적을 이기기 위해서가 아닌 내가 죽지 않기 위해 다듬어진 검술의 본류였다.

도장에서 본 남자와 다시 마주친 건 이듬해 봄이었다.

만세 시위를 며칠 앞둔 그해 초 경성 시내는 온통 들떠 있었다. 종로 탑골공원에서 독립선언서가 낭독될 거라는 소문이 입에서 입으로 퍼져 집집마다 장롱 깊은 곳에 태극기를 숨겨두었다. 나는 운영하던 철공소 일을 멈추고 목각판에 태극 문양을 새겨 사람들에게 나누어 줄 태극기를 만들었다.

한동안 밤마다 천안과 충청도에서 산 능선을 따라 시위를 알리는 봉화가 올랐다. 능선을 따라 횃불이 길게 늘어선 광경은 조선의 독립을 알리는 거룩한 불처럼 보였다. 나는 창신동 낙산 정상에 태극기를 꽂았다. 매일 밤 낙산에 오르는 건 거룩한 일과였다.

그즈음 경성 시내는 고종 황제가 비소 중독으로 승하했다는 소문으로 술렁였다. 삼월의 첫날 경성 시내는 오전부터 사람으로 붐볐다. 거리는 태극기를 든 인파로 가득했다. 나는 철공소에서 자재 더미에 거적을 덮어 숨겨 놓은 태극기를 꺼내 탑골공원으로 옮겼다. 종로경찰서를 비롯해 광화문에서 동대문까지 사대문 안은 경비가 삼엄했다.

탑골공원에 도착했을 때 공원은 무거운 분위기에 휩싸였다. 정오가 넘도록 시위를 이끌기로 한 민족대표들이 보이지 않자 사람들이 웅성대기 시작했다.

"무슨 일입니까? 왜 아직 독립선언서가 낭독되지 않은 거요?"

두루마기를 갖춰 입은 중년 남자에게 물었다.

"시위를 주도하기로 한 민족대표들이 오지 않고 있소. 이거 참!"

그들에게 뭔가 일이 생긴 것 같았다. 공원을 뒤덮은 무거운 분위기의 정체는 명백했다. 우려했던 일이 벌어졌다.

오후가 되어도 민족대표 33인은 나타나지 않았다. 시간이 흐르자 학생모를 쓴 청년이 숨을 헐떡이며 공원 안으로 들어왔다.

"민족대표들이 태화관에서 독립선언을 마치고 자진 체포됐다고 합니다."

태화관이라면 인사동에 있는 고급 요릿집이다. 총독부 고관이나 친일파가 드나들었고 때론 애국지사의 밀담 장소였다. 민족대표들은 그곳에서 독립선언서를 낭독하고 스스로 잡혀갔다고 했다. 공원 안이 술렁였다. 그때 공원 밖에서 한 떼의 학생이 뛰어 왔다.

"민족대표를 연행하는 차에서 한용운 선생이 떨어뜨린 독립선언서를 가져왔소. 민족대표가 체포되어 올 수 없다면 우리라도 독립선언서를 낭독합시다."

학생의 말에 공원이 한동안 술렁였다. 선언서를 가져온 학생 중 하나가 팔각정에 올랐다.

"나는 정재용이라 합니다. 선언서를 읽겠소."

남자는 가지고 온 두루마기를 풀어 낭독하기 시작했다.

吾等(오등)은 玆(자)에 我(아) 朝鮮(조선)의 獨立國(독립국)임과 朝鮮人(조선인)의 自主民(자주민)임을 宣言(선언)하노라.

선언문은 오랫동안 낭독됐다. 낭독이 끝나자 사람들은 태극기를 꺼내 들고 만세를 외쳤다. 세 번의 만세가 끝나고 행진이 시작됐다. 승하한 고종 황제를 참배하러 왔다가 만세 대열에 참가한 사람, 목숨을 각오하고 시위에 앞장서는 사람. 사람들은 몇 개의 대열로 나눠 흩어졌다. 일부는 정동에 있는 미국 영사관으로 향했고 일부는 남대문을 지나 조선총독부 건물로 향했다.

시위는 일주일 넘게 이어졌고 관공서는 군중에게 점거됐다. 순사들은 군중을 쉽게 진압하지 못했다. 총독부는 국제 여론을 의식하고 있었다.

다음 날 익중이 창신동 철공소로 뛰어와 외쳤다.

"큰일 났어요. 순사들이 군중을 향해 총을 쐈어요."

시위가 이어지자 총독부에서 발포 명령을 내린 것이다. 나는 자리를 박차고 급히 종로 거리를 향해 뛰었다.

탕탕탕탕-

종로 거리로 들어서자 멀리서 귀를 찢는 총소리가 들렸다. 총소리는 탑골공원 쪽에서 울렸다. 군중이 혼비백산하여 술렁였다. 나는 사람들이 흩어진 방향으로 뛰어갔다. 탑골공원 앞에서 대열을 이룬 순사대가 군중에게 총을 난사했다. 지휘용 검을 휘두를 때마다 사열한 순사대의 총에 불이 일었다. 거리 곳곳에는 사람의 주검이 널렸다. 쓰러진 아버지 옆에서 오열하던 아들이 총에 맞아 쓰러졌고 아이를 찾는 어미가 넘어져 땅바닥을 뒹굴었다.

"상옥이!"

누가 나를 부르는 소리에 뒤돌아봤다. 서대순이었다. 소식을 듣고 달려온 대순이 가쁜 숨을 몰아쉬고 있었다.

"다치지 않았나?"

"괜찮아. 순사가 쏜 총을 피해 도망가느라 지친 것뿐이야."

거리는 아수라장이었다. 총탄에 쓰러지는 사람을 보자 분노가 치밀었다. 도열한 순사대 앞에서 군중은 무력할 뿐이다.

"다른 사람들은 보지 못했나?"

"조금 전 설교와 우진이 동대문 쪽으로 갔어."

대순은 동대문을 가리켰다. 멀리 동대문 누각이 보였다. 나는 청계천을 따라 동대문으로 향했다. 청계천 둑 아래에 즐비한 움막에서도 만세소리가 끊이지 않았다. 한참을 뛰어 동대문에 이르자 화약 냄새가 코를 찔렀다. 동대문 시장에 몰려든 사람들이 악에 받쳐 만세를 외치고 있었다.

총검을 든 순사들은 사람들을 붙잡아 경찰서로 연행했

다. 헌병대가 고용한 낭인들이 칼을 빼들고 시위대에 사정없이 휘둘렀다. 맨몸으로 칼에 맞은 자는 피투성이가 되어 쓰려졌다.

까아아아악- 어디선가 비명이 들렸다. 순간 동대문 누각에 앉은 까마귀 떼가 날아올랐다. 성벽 아래서 장검을 빼든 순사가 여학생의 머리카락을 잡아채는 게 보였다. 저고리를 입은 여자는 겁에 질려 얼굴이 하얗게 변해 있었다. 나는 붙잡힌 여자를 향해 뛰어가 여자를 등 뒤에 숨기고 순사를 막아섰다. 여자는 내 뒤에 숨어 안절부절 못했다.

"괜찮소?"

내가 묻자 여자는 말없이 흐느꼈다. 당황한 순사는 눈에 살기를 띠고 나를 노려보며 검을 고쳐 쥐었다. 순사와 눈이 마주쳤다. 뜻밖에도 젊은 순사의 눈엔 며칠 전 거합 도장에서 본 남자의 살기가 들어 있었다. 순간 나는 알았다. 검을 쥔 그의 손동작이 도장에서 본 그자의 움직임과 같다는 것을.

남자는 기합을 넣으며 검집에서 검을 뽑았다. 나는 주먹을 쥐고 남자의 칼끝을 노려봤다. 검을 빼든 남자도 내게서 시선을 떼지 않았다. 그는 나를 베어 버릴 듯 군도를 비껴들고 서서히 다가왔다. 칼끝이 햇빛에 반사돼 눈부셨다. 막다른 곳에 몰리지 않게 그가 움직이는 방향의 반대편으로 원을 그리며 돌았다. 등 뒤 여자의 거친 숨소리가 들렸다. 여자는 울음을 삼키고 있었다.

남자의 검과 정면으로 부딪친다면 단칼에 몸이 두 동강 날 것이 분명했지만 그는 쉽사리 덤벼들지 않았다. 그는 알고 있었다. 맨주먹이지만 내가 칼의 흐름을 읽고 있다는 걸. 칼 든 상대를 제압하는 방법을 알고 있다는 걸. 그는 도장에서 본 남자보다 훨씬 젊었지만 검에서 느껴지는 살기는 다르지 않았다. 그 검술을 제대로 구사한다면 나 또한 어쩌지 못할 것이다.

휙- 검이 허공을 갈랐다. 정신을 차렸을 때는 남자의 검이 손목을 파고든 뒤였다. 나는 본능적으로 몸을 뺐다. 다행히 검은 소맷자락만을 베고 흩어졌다. 남자의 칼날이 다시 허공을 베는 순간을 놓치지 않고 남자의 가슴에 주먹을 날렸다. 순간 등 뒤에서 여자의 비명이 들렸다.

"그자를 처단하고 민족의 원수를 갚아!"

누군가 소리쳤다. 몰려든 군중의 외침이었다. 어느새 사람들이 몰려들어 눈앞의 남자를 처치하라고 외쳤다.

고함이 거세지자 젊은 순사의 눈빛이 흔들렸다. 나는 몸을 날려 남자에게 달려들어 목을 가격했다. 갑자기 공격을 받자 남자는 중심을 잃었다. 순간을 놓치지 않고 급히 몸을 틀어 남자의 팔을 발로 찼다.

챙그랑- 검이 바닥에 떨어졌다. 떨어진 검을 집기 전 재빨리 남자의 가슴을 짓이기고 팔을 비틀었다. 남자는 팔을 꺾이지 않으려고 안간힘을 썼다. 으득- 뼈 꺾이는 소리. 남자의 비명이 울려 퍼졌다. 동시에 어디선가 호루라기 소리가 들려왔다. 멀리서 장총을 든 헌병대가 뛰어오고 있다.

남자가 떨어뜨린 장검을 주워들어 여자의 손목을 잡고 혜화동 쪽으로 뛰었다. 한참을 달린 뒤 뒤를 돌아보자 동대문은 헌병대를 막아선 군중으로 가득했다.

"괜찮아요?"

나는 여자에게 물었다. 하지만 등 뒤에선 아무 대답도 들리지 않았다. 그제야 여자가 사라지고 없다는 사실을 알았다.

시간이 지날수록 시위의 여파는 조금씩 잦아들었다. 총과 칼 앞에서 인간은 무력했고 그 무력함에 나는 분노했다. 그러나 행동 없는 분노는 무의미한 함성일 뿐이었다.

동대문에서 겨룬 순사의 이름이 카즈키란 걸 알게 된 건 며칠 후였다. 늦은 밤 우편물 배달을 끝낸 전우진이 창신동 집으로 찾아왔다.

"자네가 검을 빼앗은 카즈키라는 젊은 순사에 대해 알아봤네. 경무국장의 먼 친척이라더군."

우진이 목소리를 낮춰 말했다.

"종로경찰서장 모리가 할복 운운하며 불같이 날뛰었다더군."

무인 출신 관료들은 천황이 하사한 검을 생명처럼 여겼다. 그런 검을 맨손으로 싸운 자에게 빼앗겼으니 입장이 곤란해진 건 무리도 아니다.

"카즈키란 자는 결국 할복한 건가?"

"할복했다는 말은 듣지 못했네. 만세 시위로 치안에 구멍이 난 것을 모리 서장도 인정할 수밖에 없겠지. 그 상황에서 하급자를 할복시키는 건 무리일 테니."

정작 할복해야 하는 건 시위를 진압하지 못한 모리 서장과 경무국장 마루야마인지도 모른다.

"누가 이걸 전달해 달라고 했어요."

얼마 후 길에서 행색이 남루한 아이가 편지 한 통을 내밀었다. 누군가에게 부탁을 받고 전달하는 것 같았다. 주변을 경계하며 편지를 뜯었다.

"의로운 일로 고초를 겪게 해서 미안한 마음에 안부 전합니다. 찾아뵙고 인사드리고 싶어 편지를 씁니다. 내일 정오쯤 서대문교회 계단에서 만나 뵙고 싶습니다."

다음 날 정오에 서대문교회로 갔다. 서양식 건물로 가득한 서대문 거리엔 전차가 오갔고 거리에는 말 탄 순사가 지나갔다. 자동차도 곳곳에 보였다.

편지에 적힌 대로 서대문교회에 도착했지만 아무도 없었다. 계단에 앉아 생각에 잠겼다. 누굴까. 서체로 봐서는 여성이 분명하다. 혹시 모를 형사의 매복을 신경 쓰며 기다렸다. 시간이 지나자 누군가 다가오는 걸 느꼈다.

"저기."

돌아보자 블라우스를 입은 여성이 계단에 서 있었다. 길게 땋은 머리 대신 가지런히 묶어 늘어뜨린 머리카락에 검은 구두. 얼굴이 갸름하고 앳된 여자였다. 여자는 두 손을 모으고 인사했다.

"갑작스레 인사드려 놀라지는 않으셨나요?"

편지를 보낸 사람이었다. 고개 숙여 인사하는 여자의 가냘픈 목선이 드러났다. 여자가 고개를 들었다. 얼마 전 동대문에서 구해준 여자가 그곳에 있었다. 만세 시위가 있던 날과는 전혀 다른 모습이었다. 순간 머릿속이 하얗게 변해 무슨 말을 해야할지 떠오르지 않았다.

"브, 블라우스가 더 잘 어울리는군요."

기껏 내뱉은 말이 혀끝을 떠나는 순간 몹시도 떨렸다.

"기억하시는군요. 윤회라고 합니다."

여자는 볼이 발그레 달아오른 얼굴로 옅게 미소 지었다. 싱겁게 웃자 여자는 반쯤 돌아서서 얼굴을 가리고 말없이 웃었다.

그렇게 동대문에서 카즈키와 겨루었던 그날 이후 윤회를 다시 만났다. 하지만 장검을 빼앗은 일은 내게도 적지 않은 고초를 겪게 했다.

장검 사건 후 길에서 제복을 입은 자를 만나면 다른 길로 돌아갔다. 다행히 순사가 직접 찾아오는 일은 없었다. 수백 명이 죽고 수천 명이 부상당한 그날의 만세 시위로 경성의 치안은 말이 아니었다. 종로와 동대문에 이르기까지 만세 시위에 가담한 많은 사람이 경찰서에 연행됐다. 천안의 아우내 장터에서 수십 명의 사람이 총에 맞아 죽었다는 기사가 신문에 실렸다. 제암리에서도 교회 안으로 끌려간 마을주민이 집단으로 학살당했다.

종로에 나갔다가 돌아오는 길에 창신동 고지대에서 언덕을 내려오는 순사와 마주치면 나는 골목으로 방향을 틀어 그들이 지나가길 기다렸다. 멀리서 순사의 말소리가 들려왔다. 조선말도 섞여 있었다. 조선인은 다름 아닌 삼판댁 아들 조용수였다. 삼판댁은 어머니와 연배가 비슷해 자주 집으로 놀러 오곤 했다. 그때 조용수의 뒤로 낯익은 남자가 눈에 들어왔다. 허리에 장검을 차고 군모를 눌러 쓴 자. 얼굴을 제대로 볼 수 없었지만 움직임에 빈틈이 없는 자였다.

골목에 숨어 그들이 지나가길 기다리다 스쳐 지나가는 남자의 얼굴을 확인했다. 순간 온몸이 얼어붙는 듯한 한기가 일었다. 기억이 틀리지 않다면 그는 몽상신전류 도장에서 본 남자였다. 창백하고 음침한 표정의 그를 잊을 수 없다. 잠시 후 담벼락에 몸을 가리고 숨을 죽이던 나는 조용수의 입에서 흘러나온 남자의 이름을 들을 수 있었다.

-미와 경부

몽상신전류 도장에서 본 남자는 독립지사를 잡아들이는 것으로 악명 높은 종로경찰서의 미와였다. 그것은 미와와의 질긴 인연을 알려주는 신호탄이었다. 그리고 이제 카즈키 또한 미와와 같은 분노로 나를 노리고 있다. 나는 다시 한번 미와가 있던 자리에 앉아 있던 카즈키의 눈빛을 떠올렸다.

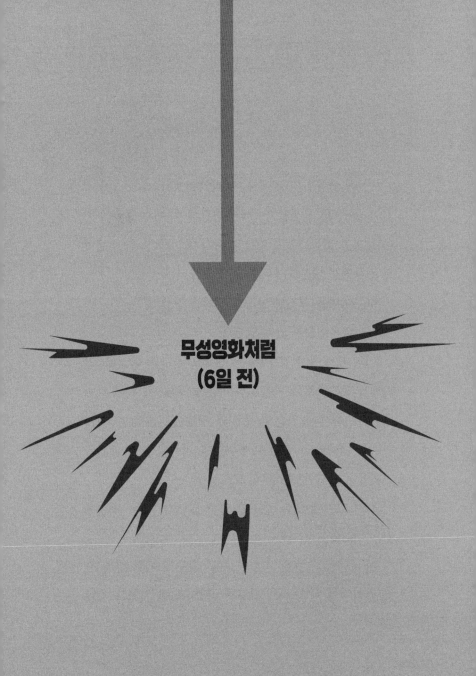

무성영화처럼
(6일 전)

오전에 조용한 마을에 울려 퍼지는 자전거 소리에 정신이 들었다. 전우진이 왔다. 행랑채 다락 틈으로 주변을 살피고 조심스럽게 밖으로 나간다. 비포장 길 저편에서 전우진을 태운 자전거가 돌아왔다.

"마루야마를 저격한 남자의 행방을 찾았어."

우진이 목소리를 낮춰 말했다.

"어제 경성에 잠깐 머무는 소학교 친구를 만났네. 간도에서 동경으로 유학을 준비하는 친구네. 그 친구 말이 대한국민회에서 일본인 순사와 밀정을 처단할 기회를 엿보고 있다더군. 그날 마루야마를 저격한 자가 대한국민회에서 파견한 자인지도 모르겠군."

"혹시 그자에 대한 정보를 알고 있던가? 지금 어디에 있는지도 알고 있나?"

"친구 말로는 간도 출신인 다른 친구 집에서 다친 자를 숨겨주고 있다더군. 정황상 마루야마를 저격한 자를 숨기고 있을 가능성이 커."

"자네 말이 맞을지도 모르겠군. 그런데 부상이라니."

"쓰러진 마루야마에게 육혈포를 겨눴을 때 총신이 폭발한 것 같아."

중국에서 제조한 조악한 육혈포가 폭파하는 일은 비일비재했다. 대부분 정식 모델이 아닌 중국에서 본떠 재작한 모작이었다.

"그들이 어디에 있는지 아는가?"

"연희동에 있을 거야. 집을 내준 친구가 연희전문학교에 다니거든."

대한국민회라면 그들끼리 경성 내에 연결망을 가지고 있다. 어쩌면 마루야마를 저격한 자를 찾는 일이 생각보다 쉬울지도 모른다.

내 추측이 맞다면 그자의 이름은 나운규이다. 춘화관에서 일본인 간부를 조롱하던 남자이기도 했다.

얼마 전 나는 종로에서 나운규를 봤다. 마루야마와 함께 춘화관을 들락거리던 우마노와 미와를 본 날이기도 했다.

상해에서 돌아온 후 한동안 매부 고봉근의 도움을 받아 밤마다 경성역에서 익중을 만났다. 고봉근은 순사들을 피해 마을 어귀까지 나를 데려다주고 왔던 길을 따라 집으로 돌아갔다. 어둠 속으로 사라지는 고봉근을 바라보며 경성역으로 향했다.

늦은 밤, 경성역에는 어둠이 낮게 내려앉았다. 부산에서 출발한 열차가 역으로 들어왔다. 증기기관차는 조금씩 속도를 줄여 플랫폼에 이르러 움직임을 멈췄다.

치익- 소리와 함께 열차는 증기를 뿜어냈다. 곧이어 경성역은 내리는 승객들로 일순간 붐비기 시작했다.

경성에서 가장 큰 건물이라는 경성역은 시내 한가운데 우뚝 서 있었다. 지붕에는 르네상스와 바로크 양식을 섞어 만든 커다란 돔이 모던한 멋을 뽐냈다. 조선 역사를 통틀어 거대한 공사라고 자랑하던 총독부의 선전이 떠올랐다. 몇 년 사이 역 일대는 일제가 세운 서양식 건축물이 하나둘 들어섰다. 그 건축물은 《내셔널지오그래픽》 잡지에 실린 유럽식 건물과 흡사했다.

그때 등 뒤에서 누군가 나를 부르는 소리가 들렸다. 뒤를 돌아보자 윤익중이 뛰어오고 있었다. 익중의 얼굴엔 땀이 맺혀 있었다.

"경성역을 바라보고 있더군요. 무슨 생각 하고 있었나요?"

익중이 주변을 살피며 물었다.

경성의 봄 1923

"앞으로 있을 거사를 생각하고 있었어."

나는 대충 둘러댔다. 익중은 웃으며 주머니에서 뭔가를 꺼내 내밀었다. 서리태가 박힌 백설기였다.

"같이 일하는 직공 하나가 가져와 나눠먹고 남은 걸 좀 가져왔어요."

"자네는 어떡하고?"

익중은 대답 대신 어서 받으라고 재촉했다. 웃고 있지만 곧 쓰러질 것처럼 피로한 얼굴이다.

윤익중과 나는 광장을 빠져나와 종로 거리를 걸었다. 남대문을 지나 사대문 안으로 들어서자 거리 곳곳에 순사가 서 있다. 만세운동 이후 국제 여론을 의식한 사이토는 헌병경찰제를 폐지했다. 순사들은 허리에 칼과 총 대신 곤봉과 수갑을 찼지만 바뀐 건 단지 외양뿐이란 걸 조선인이라면 누구나 알고 있었다.

거리에 포진한 순사를 신경 쓰며 걸었다. 김동순과 함께 암살단 사건의 주모자로 지목된 나는 상해로 망명하던 중 궐석재판에서 총독 암살 공모로 사형을 선고받았으니 총독부의 주장대로라면 나는 살아 있으나 죽은 것이다. 나를 흉악범으로 몰아간 법은 누구를 향해 있던가. 그런 생각을 할 때면 삶과 죽음이란 경계가 모호한 말장난에 불과하다는 생각이 들었다.

그날 종로를 지나 인사동에 이르렀을 때 골목마다 다다미가 깔린 요릿집이 보였다. 늦은 밤이지만 인사동은 사람과 불빛으로 붐볐다. 이국적 분위기가 물씬 풍기는 맥주 가게와 선술집. 술집 옆에 주차한 쉐보레 자동차에 멜빵바지에 베레모를 쓴 젊은 기사가 앉아 신문을 읽고 있었다. 총독부 간부에게 빌붙은 사업가 아버지를 둔 모던보이가 술집에 간 동안 대기하고 있는지도 모른다.

거리에 늘어선 등불을 보며 상해의 야경을 떠올렸다. 연꽃 모양의 등불마다 빛이 피어났고 그 빛 가운데 용이 하늘을 날아갈 듯 반짝이던 상해의 거리. 내가 기억하는 상해에서의 생활은 가난과 비루함의 연속이었다. 빼앗긴 나라의 임시정부는 궁색하기만 했다. 임시정부가 세 든 테라스가 딸린 프랑스식 삼 층 건물은 시간이 지날수록 남루해져 갔다. 정부가 처음 세워진 기미년 이후 임시정부는 월세조차 제대로 낼 수 없을 만큼 몰락을 거듭했다. 허름한 청사 건물은 노모와 아내를 거느리고 상해로 건너온 김구만이 지키고 있었다. 그는 일본 장교를 사살한 황해도 해주 사람 김창수였다. 얼굴이 곰보자국으로 가득한 선생은 강인한 황해도 기질을 가진 어머니와 아내와 함께 상해로 도피해 왔다. 선생은 그곳에서 중국인 건물주의 냉대와 자신에게 닥친 가난을 묵묵히 견뎌내고 있었다. 계절이 바뀌고 상해에 봄이 왔지만 가난은 더욱 확실히 대지 아래로 내려앉고 있었다. 정부 청사 앞은 대한민국임시정부라 적힌 현판만이 하루하루 낡아갔다. 낡은 건물 삼 층 테라스에 세워놓은 태극기는 여전히 바람에 흩날렸다.

인사동의 화려한 불빛 사이를 한참 걷자 어디선가 시끄러운 소리가 들렸다. 소리가 난 쪽은 오색등이 달린 요리점이었다. 고급스러운 기와로 지붕을 인 그곳은 이 거리에서 고급 요릿집에 속하는 춘화관이었다. 한자로 춘화관(春和館)이라 적혀 있는 현판이 보였다. 옥신각신 하는 소리가 들리더니 잠시 후 대문이 열리며 조잡한 양 복을 입은 사내가 쫓기듯 거리로 나왔다.

"썩 꺼져라 이놈아. 신극 배우는 무슨. 네놈 때문에 나 리의 심기가 불편하시다."

대문 난간에 선 지배인은 안채를 의식하며 큰소리로 말했다. 주변에 있던 남자 두 명이 내동댕이친 남자를 다시 한번 거리로 밀쳐냈다.

"앞으로는 가게 앞에 얼씬도 하지 마라."

"아 진짜, 별일 아닌 걸로 사람 잡네. 살살해요, 살살."

내동댕이쳐진 남자는 지독한 엄살을 부렸다. 찰리 채 플린 같은 수염을 인중에 붙였지만 이제 스무 살을 갓 넘긴 나이로 보였다. 요릿집 문이 닫히자 근처에 있던 인력거꾼이 남자를 보며 혀를 찼다. 문이 닫힌 걸 확인한 남자는 양복에 묻은 흙을 털며 일어났다. 조금 전의일 따윈 개의치 않는 듯한 묘한 미소를 짓더니 아무 일없다는 듯 거리 저편으로 사라졌다.

그를 다시 본 건 김한에게 폭탄의 행방을 묻고자 무산자동맹회에 간 날이었다.

김한을 만났지만 아무 소득 없이 사무실을 나온 나는 종로로 향했다. 종로 거리는 사회주의단체의 파업 시위가 벌어지고 있었다. 소작료를 인하하라는 구호가 적힌 대나무 장대를 치켜든 농민들이 거리를 행진했다. 뒤이어 붉은 글씨가 적힌 무명천으로 이마를 동여맨 자들이 구호를 외치며 총독부로 향했다.

탕- 허공을 가르고 한 발의 총성이 들렸다. 헌병의 위협사격에 시위대가 주춤하며 행진을 멈췄다. 한동안 소작쟁의를 못 본 체하던 총독부는 다시 강경하게 대처하기 시작했다. 헌병대는 금방이라도 시위대에 총을 쏠 것같았다.

시위대에 떠밀려 우왕좌왕하다 정신을 차렸을 때는 충무로 인근 지역까지 밀려난 뒤였다. 주변을 둘러보자 경성극장이 눈에 들어왔다. 일본인이 경영하는 경성극장

경성의 봄 1923

은 종종 예술극이 상연되곤 했다. 경성극장 주변으로 분장한 배우들이 보였다. 공연을 알리러 거리로 나온 배우들이다. 극장 앞에는 안톤 체홉의 〈청혼〉을 상연한다는 현수막이 걸려 있었다. 밀려난 시위대를 뒤쫓는 호루라기 소리가 들리자 급히 표를 사 극장 안으로 들어섰다.

극장 안은 조금 전의 떠들썩함과는 다른 새로운 공간이었다. 그리 크지 않은 무대에는 백여 명이 앉을 수 있는 협소한 나무 의자가 놓여 있고 객석에는 중절모를 쓴 노신사와 기모노를 갖춰 입은 일본 여인 몇 명이 앉아 있었다. 그들은 경성 시내에서 일어나는 소요 사태가 자신과 상관없는 것처럼 평온히 공연을 기다리고 있었다. 무대 바로 앞자리에 제복을 입은 사상 검열 순사가 앉아 있었다.

잠시 후 막이 올랐다. 이내 연미복을 입은 배우가 꽃을 들고 무대에 들어섰다. 조악한 금색 가발 사이로 검은 머리카락이 보였다. 무대 중앙에는 농가의 저택처럼 꾸며진 세트가 있고 한 쪽에 손님맞이용 소파와 흔들의자가 놓여 있다. 남자가 들어오자 의자에 앉아 있던 노인이 밝은 얼굴로 맞았다.

"나의 비둘기! 내가 누굴 보는 거야? 이반 바실리예비치 로모프! 매우 기쁘군! 세상에 정말 뜻밖이로군. 어떻게 지냈나?"

"덕분에 잘 지내고 있습니다. 츄부꼬프씨는요?"

"그럭저럭 지내지, 나의 천사. 이웃 간에 이렇게 잊고 살아서야 원. 근데 왜 이렇게 격식을 차린 복장인가? 연미복에 장갑. 혹시 어디 가는 건가?"

연미복을 입은 남자의 이름은 로모프였다. 로모프는 한동안 츄부꼬프 노인에게 자신이 찾아온 이유를 말하지 못하고 우물쭈물했다. 그걸 본 츄부꼬프는 관객을 향해 돈을 빌리러 왔구먼. 빌려주나 봐라라며 독백했다. 객석에서 폭소가 터졌다.

"사실 저는 당신의 딸 나탈리아에게 청혼하러 왔습니다."

머뭇거리던 로모프가 츄부꼬프에게 말했다.

"나의 비둘기! 정말 기쁘기 짝이 없네. 이런 일이!"

청혼이라는 말에 츄부꼬프는 로모프에게 입을 맞추고 포옹했다. 그는 이내 딸을 데려왔다.

"어머, 당신이었군요. 이반 바실리예비치 로모프! 어떤 상인이 좋은 물건을 가지고 왔다기에 보러왔더니."

나탈리아라는 노인의 딸은 로모프에게 다정하게 인사했다.

"간단히 말씀드리겠습니다. 존경하는 나탈리아 스

쩨빠노브나. 전 이미 어렸을 때부터 당신 집안을 잘 알아 왔습니다. 저에게 유산을 물려주신 이모님과 이모부는 늘 당신 집안을 칭찬하셨죠. 저희 집안과 이쪽 집안은……. 그러니까 아주 가깝게 지냈다는 말이죠. 아마 이 지방에서 가장 가까운 사이일 겁니다. 그뿐인가요? 아시다시피 제 소유로 된 목초지는 이쪽 집안의 자작나무 숲과 이웃하고 있지 않습니까?"

"잠깐만요. 방금 제 소유의 목초지라고 하셨는데. 그 목초지가 당신 소유라고요?"

나탈리아가 로모프의 말을 끊었다.

"볼로피 초지는 바로 제 땅입니다. 당신 땅과 가까이 있죠."

로모프가 당황한 표정으로 말했다. 나탈리아의 표정이 어둡게 변했다.

"잠시 말을 끊을게요! 미안하지만 볼로피 초지는 저희 거예요. 당신 게 아니고."

"아니요. 그렇지 않아요. 그 땅은 제 것입니다."

갑자기 이반과 나탈리아는 목초지 문제로 다투기 시작했다.

"무슨 말씀이세요? 제 할아버지나 증조할아버지께서도 저희 땅이 늪지대까지 뻗어 있다는 걸 잘 알고 계셨어요.

그러니까 목초지는 그 사이에 있으니까 저희 땅이죠. 따질 필요도 없죠. 이해가 안 돼요. 아유, 기분 나빠."

그들이 다투는 소리가 극장 가득 울려 퍼졌다. 나는 나탈리아 역을 맡은 배우를 눈여겨봤다. 여자로 분장했지만 투박한 금발 가발 사이로 검은 머리가 드러났다. 남자였다. 여배우가 드문 극단에서 남자가 여자 역을 맡는 건 흔하지만 왜인지 그가 낯익게 느껴졌다. 정확히 말하자면 그의 얼굴은 며칠 전 춘화관에서 쫓겨난 남자를 닮았다.

"그래요, 제거죠. 이런 식이면 나도 그만 가겠어요."

나탈리아와 한참을 실랑이하던 로모프는 급기야 화를 내며 돌아갔다.

"제기랄!"

노인은 씩씩대며 화를 냈다.

"더러운 놈! 병신 같은 게! 남의 땅이나 가로채려고 하고!"

나탈리아와 노인은 남자의 험담을 늘어놓았다.

"그따위 썩어빠진 녀석이 감히 누구한테 청혼을 해! 응? 청혼을!"

"청혼이라뇨?"

"그놈이 너한테 청혼을 하러 온 거였어. 연미복을 입

고 말이야."

청혼하러 왔다는 말에 나탈리아는 경악하며 소파에 쓰러졌다.

"아아, 왜 그 이야기를 지금 하는 거예요. 그 사람을 데려와요! 어서 데려와요. 빨리요."

조금 전까지만 해도 목초지 문제로 로모프와 다투던 나탈리아의 달라진 태도에 당황한 노인은 결국 하인을 시켜 로모프를 데려왔다.

"죄송해요. 이반 바실리예비치, 우리가 너무 심했죠. 지금 생각난 건데. 그 목초지는 당신 것이었어요."

나탈리아는 이전과 전혀 다른 태도였다.

"아, 가슴이. 제 땅은⋯⋯. 아, 눈꺼풀이 떨린다."

"그 땅은 다, 당신 거예요. 앉으세요. 저희가 틀렸어요."

"전 다만 원칙을 말하려 했던 겁니다. 그 땅은 솔직히 제겐 쓸모도 없어요. 다만 원칙이."

"그래요, 원칙이에요. 자, 우리 다른 얘기해요."

로모프의 청혼으로 땅 문제는 해결이 된 듯 보였다. 하지만 그것도 잠시뿐 이번엔 또 다른 문제로 다투기 시작했다. 옷까따이와 우가다이라는 서로 자신이 키우는 개가 더 나은 사냥개라며 싸우기 시작했다.

"당신, 이반 바실리예비치. 오늘 정말 이상하네요. 목초지가 당신 땅이라고 우기질 않나, 우가다이가 옷까따이보다 낫다고 우기질 않나. 전 정말이지 거짓말하는 사람은 사랑하지 못합니다. 당신도 알고 계시잖아요. 그 바보 같은 우가다이보다 옷까따이가 백배는 낫다는 걸. 왜 그런 억지를 쓰시죠?

"나탈리아 스쩨빠노브나, 절 지금 장님이나 바보로 보시나요. 옷까따이가 아래턱이 짧다는 사실을 인정하세요!"

"그렇지 않아요."

"맞아요."

"틀려요!"

"맞다니까요."

"왜 소리를 치십니까 아가씨?"

다시 객석에 한바탕 웃음이 터졌다.

"아, 아! 심장 터진다! 어깨를 잡아 뜯기고 있어. 내 어깨가 어디 있지? 나 죽는다!"

한참의 싸움 끝에 로모프가 소리치며 쓰러졌다.

"꼬마 녀석! 코흘리개! 아이구 기분 나빠!"

쓰러진 로모프를 앞에 두고 절규하는 노인의 행동은 한편의 코미디였다.

"이 사람 죽었어요! 이반 바실리예비치! 이반 바실리예비치! 우리가 무슨 짓을 한 거야?"

"악! 무슨 일이야? 얘야!"

"죽었어요! 이 사람이 죽었다고요!"

"누가 죽어? 결국 죽었군! 아 하나님! 물! 물을 마시게! 이런 마시질 않아. 정말 죽었군."

노인은 로모프에게 물을 먹였다. 물을 마신 로모프는 겨우 눈을 뜨며 의식을 차렸다. 노인은 나탈리아의 손을 로모프에게 쥐여 주며 말했다.

"어서 결혼하게 어서! 내 딸이 승낙했네! 내 딸이 동의했네! 축하하네! 그리고 날 조용히 내버려두게."

"예? 무, 무슨 말인가요?"

정신을 차린 로모프가 어리둥절해하며 주변을 둘러보았다.

"승낙했다고! 알겠어? 키스하게…… 그리고 이런 빌어먹을!"

"네네, 승낙했어요."

노인의 말에 나탈리아와 로모프는 얼떨결에 결혼하겠다고 대답했다.

"키스해! 어서!"

무대에서 두 배우는 어색하게 키스하는 장면을 연출했

다. 나는 여자로 분장한 남자 배우가 춘화관에서 본 남자라는 걸 확신했다. 두 배우의 어색한 키스로 극중의 로모프와 나탈리아는 결혼하기로 했지만, 그것도 잠시 그들은 서로 자신의 개가 낫다며 티격태격 싸우기 시작했고 객석은 다시 웃음바다가 됐다.

막이 내려가고 객석에서 박수가 터져 나왔다. 인간의 삶을 풍자한 보드빌 풍의 단막극이었다. 쓸데없는 것에 집착하는 인간사의 또 다른 면을 보며 피식 웃었지만 이내 변절 의혹을 받는 김한을 떠올리며 씁쓸한 마음으로 돌아섰다. 그때 객석 가장 앞자리에 앉아 굳은 얼굴로 공연을 검열하던 순사가 눈에 들어왔다. 그가 고개를 돌려 객석을 바라보자 나는 중절모를 눌러쓰고 서둘러 극장을 빠져나왔다. 따지고 보면 모든 것은 한 편의 연극처럼 오해와 아집 속에 헤매는 인간군상의 단면인지도 모른다. 나운규의 연극을 본 날 그를 통해 깨달은 것이었다.

저녁 무렵 마루야마를 저격한 자가 숨어 있는 연희동으로 갔다. 우진이 알려준 간도 유학생 대표의 집을 찾아 문을 두드렸지만 인기척이 없어 문을 따고 안으로 들어섰다. 대문 안으로 좁은 마당이 보이고 그 옆으로 낡은 기와를 인 안채가 보였다. 안채는 불이 꺼져 있고 깜깜한 마당엔 정적만이 감돌았다. 마당 어딘가에서 살기가 느껴졌다. 누군가 내게 총을 겨누고 있다.

"전우진의 동지 김상옥이요. 마루야마를 저격한 자가 이곳에 있는 걸 알고 왔소."

나를 노려보는 눈빛을 향해 말했다. 한참의 침묵 후 장독 뒤에서 한 남자가 나왔다. 어둠 속에서도 건장한 사내란 걸 알 수 있었다.

"김상옥 선생이군요."

"나를 알고 있나?"

"경성 피스톨 김상옥이라고 하면 간도까지 소문이 자자해요. 우진 형님께 지난번 암살단 사건 때 활약하신 걸 들었어요."

남자는 경계를 풀며 방으로 안내했다. 말투가 우진을 꽤 신뢰하는 듯했다.

남자가 안내한 방은 몹시 어두웠다. 좁은 방 한쪽을 차지한 이불장을 밀자 문이 열리며 또 다른 공간이 나타났다. 그 어두운 공간 가운데 누군가 있는 게 느껴졌다. 한 명이 아닌 둘이다. 하나는 누워 있고 하나는 벽에 기대 있다. 남자가 촛불을 켜자 그들의 모습이 드러났다. 예상대로 춘화관 기생 청향과 극장에서 본 남자였다. 겁에 질린 청양을 다독이며 누워 있던 남자가 몸을 일으켰다.
부상이 심한지 오른팔 팔꿈치까지 피 묻은 붕대로 감싸
고 있었다.

"경성극장에서 봤네. 나탈리아가 자네더군."

남자에게 말했다.

"연극을 보셨군요. 여배우가 없으니 누군가는 여자 배
역을 맡을 수밖에요."

"아니 감동이었네. 진심이야. 그나저나 팔은 괜찮나?"

"보시는 바와 같죠."

남자는 붕대를 감은 팔을 들어 보이며 시익 웃었다.

"이름이 나운규가 맞는가?"

"네, 나운규라 합니다. 그리고 이쪽은 청향이에요. 저
를 도와주고 있죠."

나운규의 말에 청향이 내게 인사했다. 청향은 여전히
불안한지 다소 경계하는 듯했다.

"나랑은 구면이군요."

"네?"

내 말에 청향이 놀란 얼굴로 나를 봤다.

"며칠 전부터 내 동선에서 자주 보이더군. 자세한 이
야기는 천천히 들려주지."

청향에게 지난 며칠간 그녀와 마주친 일을 이야기했

다. 춘화관 뒤뜰에서 그녀의 말을 엿들었던 것과 그녀가 매표소 직원에게 뭔가를 전달하던 일과 마루야마를 종로경찰서로 유인한 것까지. 하지만 그날 폭탄을 던진 자가 나라는 건 말하지 않았다. 희미한 촛불이 켜진 방은 오랫동안 말소리가 이어졌다. 문을 열어준 남자는 연신 밖으로 나가 주변을 살폈다. 언제 형사들이 들이닥칠지 알 수 없었다.

"마루야마를 잡기 위해서 온 건가? 꼭 그것만은 아닐 텐데."

경성에 온 이유를 묻자 나운규는 이곳에서 배우로 활동하며 독립운동을 준비하고 있다고 했다. 이제 막 스무살을 넘긴 깔끔한 외모를 가진 청년이었다. 대한국민회에서 주도한 것으로 알려진 회령, 청진 사이의 철로 폭파사건을 수행한 자도 나운규였다. 일제의 수비부대 간의 교통을 차단하려고 일으킨 그 사건을 나는 기억하고 있었다.

"그 철로 폭파사건이 자네가 벌인 일이라니 대단한 일을 했군. 그나저나 이젠 어떡할 건가?"

"팔이 나을 때까지 간도로 돌아가 있으려고 해요. 치료 후에 다시 와야죠. 해야 할 일도 있고."

"계획하는 일이 있는가?"

"무성영화를 직접 찍어볼 생각이에요."

영화란 말에 그를 다시 봤다. 소리 없이 모든 걸 움직임으로 보여주는 영화를 단성사에서 본 기억이 있다.

"조선민중에게 이야기하고 싶은 것이 있어요. 아니 보여주고 싶은 게 있다고 말하는 게 정확하겠군요. 영화라면 지금 우리 민족에게 아직 희망이 있다는 걸 좀 더 은유적으로 알려줄 수 있을 것 같군요."

은유……. 움직임만으론 모든 걸 전달할 순 없다. 하지만 행동만큼 명확하게 의도를 보여주는 게 있을까. 무성영화라면 불필요한 설명 없이도 전달할 수 있는 게 있을 것이다. 십여 년 전부터 인사동과 명동을 거점으로 영화관이 하나둘 세워졌다. 일본 자본으로 지어진 영화관이었다. 소유주는 대부분 일본인이지만 많은 조선 청년이 영화산업에 관여했고 제작자 중에는 조선인도 많았다. 예술에 관심 많은 일본인은 다소 이념에서 자유로워 조선인에게도 우호적이었다.

"내일 새벽쯤 간도로 떠날 예정이었어요. 마침 선생님을 만나는군요."

나운규가 내 손을 잡으며 말했다.

"어느 길로 갈 건가?"

"원산을 거쳐 올라갈 예정입니다."

"원산까지는 험난한 길이지. 난 압록강을 건너 신의주에서 열차를 탔네. 일산에서 신의주로 가는 야간 화물열차가 있어."

"그 길을 제게 안내해주시겠어요?"

"이미 수없이 지나온 길이니 어렵진 않지."

그의 부탁을 흔쾌히 받아들였지만 신의주행 열차를 타려면 일산까지 가야 한다. 일산까지는 가더라도 신의주까지 청향을 데리고 가기는 쉽지 않다.

"이 여인도 함께 갈 건가?"

나운규는 머뭇거리며 바로 대답하지 못했다. 간도까지는 먼 길이다. 삭풍을 마주하며 오랫동안 북쪽으로 가야 한다. 게다가 청향과 함께 가는 건 더 위험하다.

"저도 따라가겠어요. 저희를 일산까지 안내해 주세요."

나운규가 머뭇거리자 청향이 말했다. 청향은 경성에 남아 있을 이유를 찾지 못하고 있었다. 그녀는 나운규에게 모든 걸 맡겼다.

-부탁이 있어요. 저를 상해에 데려가 주시겠어요? 아니, 저를 꼭 데려가 주셔야 해요.

윤회의 얼굴이 떠올랐다. 그녀의 얼굴이 청향과 겹쳤다. 병든 몸으로 삭풍을 헤치고 압록강을 건너는 건 죽음을 찾아 헤매는 거라는 걸 윤희는 알고 있었다. 윤희는 죽음을 직감하면서도 내게 상해로 데려가 달라고 했다. 그리고 상해에서 죽음을 맞았다. 그녀가 목숨과 바꾸면서까지 원했던 건 무엇이었을까.

그 밤 나운규와 청향을 데리고 일산역으로 갔다. 새벽녘 그들을 태운 화물열차는 기적을 울리며 신의주로 떠났다. 나는 기적 소리를 들으며 멀어지는 기차를 향해 손을 흔들었다. 한동안 떠나가는 기차를 바라보며 나운규와 청향이 무사히 간도로 돌아갈 수 있기를 진심으로 바랐다.

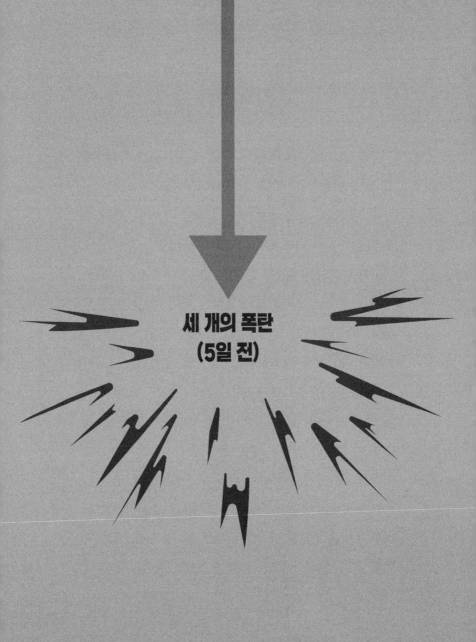

세 개의 폭탄
(5일 전)

다음 날 아침, 누이동생이 나무 소반을 들고 행랑채에 왔다. 조밥에 감자가 곁든 밥상이다.

"일본인들이 쌀을 죄다 저네 나라로 가져가 시장에서도 쌀을 구하기 어려워요. 이거라도 드세요."

아기는 미안한 얼굴로 말했다. 몇 년 만에 찾아온 피붙이에게 제대로 대접할 쌀이 없다는 것에 아기는 미안해했다. 하지만 아기가 미안해할 이유는 없다. 나는 미안해하는 아기에게 미안해져 말없이 상을 받았다.

십여 년간 이어온 토지조사가 끝난 건 3년 전이다. 적지 않은 사람이 일본에 머리를 조아릴 수 없어 땅을 빼앗겼고, 그보다 많은 사람이 땅을 뺏길 수 없어 일본에 머리를 조아렸다. 고봉근은 땅을 뺏긴 쪽이었다.

경성 시내는 연일 소작쟁의가 벌어졌다. 소작농으로 전락한 농민은 종로와 광화문 일대로 몰려들었다. 낫과 쟁기를 들고 벌이는 쟁의는 목숨을 건 발버둥이었다. 문화

통치를 내세운 총독 사이토는 소작쟁의를 일부 눈감아주었지만 쟁의가 잦을수록 힘들어지는 건 농민이었다.

"목이 막히니 동치미 국물을 곁들여 천천히 드세요."

아기가 동치미 국물을 건넨다. 급히 음식을 삼키는 나를 염려하는 눈빛이다. 경성에 돌아온 후 나는 느긋이 식사할 여유가 없었다.

끼니를 챙길 때면 상해로 망명한 동지들이 떠올랐다. 그들은 임시정부가 있는 프랑스 조계에 머물고 있다. 조계는 일본의 손이 미칠 수 없는 유일한 곳이다.

상해에서 돌아오던 날 이시영 선생과 조소앙, 안창호가 부두로 나와 배웅했다. 악수를 청하는 이시영 선생의 단벌 두루마기 소맷자락이 누렇게 바래 있었다. 내 손을 잡은 선생은 말이 없었다. 새벽공기가 폐를 자극했는지 목에선 간간이 기침이 터져 나왔다. 평생 말을 아껴온 선생은 말로는 다 하지 못할 언어를 대신해 한참 동안 내 손을 잡고 있었다. 국권을 빼앗긴 후 선생은 가산을 모두 정리해 조선을 떠나 서간도로 갔고, 서간도에서 다시 상해로 이주했다. 명망 있던 그 가문의 몰락을 기억하는 건 이제 몇 명의 조선인뿐이다.

밥그릇을 비우자 아기는 가져온 소반을 들고 다락을 내려갔다. 나무 소반이 달그락대는 소리가 들렸다. 다락

을 내려가는 아기의 뒷모습을 말없이 쳐다보다 방으로
시선을 돌린다. 행랑채 다락 곳곳에 곰팡이가 슬어 있
다. 눅눅한 습기가 들어찬 오래된 집이다. 다락 한쪽에
는 널판에 못을 박아 가린 작은 창이 보인다. 창틈으로
채 가려지지 않은 빛이 스며든다. 손을 들어 창틈을 비
집고 들어온 빛을 가린다. 빛은 손바닥을 통과하지 못하
고 부서진다. 손가락 틈으로 부서진 빛의 음영이 또렷
이 보인다. 나는 코트 안주머니 깊이 손을 넣는다. 주머
니에 든 탄환들이 서로 몸을 부딪쳐 짤그락댄다. 탄환을
움켜쥐고 엄지와 검지로 하나씩 떨어뜨려 숫자를 센다.
하나, 둘, 셋, 넷. 정확히 아홉 발의 탄환이다. 탄환과 함
께 금속성의 물체가 느껴진다. 육혈포다.

 -잊지 말게. 자네를 지켜주는 건 품속에 감춰둔 육혈
포라는 걸. 우리 민족에게 필요한 것도 그것이네.

 그 말을 하던 김원봉의 눈빛을 기억한다. 경성으로 돌
아온 후 끼니를 챙기는 건 잊어도 코트 속에 넣어둔 탄
환의 개수는 잊지 않았다. 상해에서 돌아오는 내내 코트
속에는 두 자루의 육혈포가 들어 있었다. 압록강을 건널
때도 육혈포는 코트 주머니 속에서 시간을 견뎌내고 있
었다.

 생각에 잠겨 있던 나는 코트 주머니에서 육혈포를 꺼

낸다. 총신이 짧고 손잡이에 빗살무늬가 새겨진 육혈포. 신익희가 준 클로드니케 9연발 브라우닝 권총이다. 상해로 망명해 온 신익희가 지니던 유일한 무기였다. 클로드니케를 넣고 반대편 주머니를 더듬는다. 또 하나의 육혈포가 손에 잡힌다. 모젤, 윤회의 피 값으로 산 12연발 모젤이다. 좁고 긴 총구와 열두 발의 탄환을 넣을 수 있는 사각형 탄창. 나는 모젤을 꺼내 총신을 더듬는다. 손끝에 총의 금속성이 느껴진다. 두 자루의 육혈포는 두 개의 심장이 되어 코트 속에서 내 심장을 뜨겁게 달구고 있다.

그날 저녁 서대문로 근처에서 황옥을 만났다. 그가 무기를 구해주기로 약속한 이틀 후였다. 늦은 밤 서대문 거리에 늘어선 찻집은 하나둘 문을 닫았고 온종일 좌판에서 센베이를 팔던 노인은 리어카를 끌고 골목 저편으로 사라졌다. 골목 어딘가에서 찹쌀떡 장수의 외침이 들렸다. 그것은 차가운 겨울밤 풍경의 일부였다.

황옥은 주변을 경계하며 헝겊에 싼 물건을 내민다. 헝겊에는 폭탄 세 개가 들어 있다.

"급히 구한 폭탄이네. 상해의 전문가들이 만든 것에 비하면 조악하지만 큰 문제는 없을 거야. 습기가 차지 않게 조심하게."

나는 황옥이 내민 폭탄을 말없이 받아들었다. 그에게 어떤 말도 할 수 없었다. 그의 진심을 확인하는 건 한동안 보류해야 했다.

"정말 사이토를 처단할 생각인가?"

황옥이 물었다.

"애초에 이곳으로 돌아온 목적대로 행동하는 것뿐이오."

"알겠네. 건투를 비네. 도움이 필요하다면 나도 돕겠어."

황옥은 더 이상 묻기를 포기한 듯했다. 그의 말에 나는 아무 대답도 하지 않았다.

폭탄을 건네준 황옥은 말없이 골목 저편으로 사라졌다. 황옥이 사라진 골목을 바라보며 그의 진심을 확인할 날이 오기를 마음으로 빌었다.

찻집 밀집 지역을 벗어나 경성역으로 한참을 걸어 조선은행 사택거리를 돌아 후암동 입구에 들어서자 고봉근이 기다리고 있었다. 그는 눈짓으로 인사한 후 감나무 밭 사이를 앞서 걸었다. 사방은 어두웠고 거리에는 지나가는 사람 하나 보이지 않았다. 밭 사이로 드문드문 보이는 초가집에는 호롱불 불빛이 새어 나왔다. 나는 묵묵히 고봉근의 뒤를 따랐다.

느티나무 아래를 지나갈 때였다. 누군가 나무 뒤에서 나타나 고봉근을 가로막았다.

"늦은 시간에 어딜 갔다 오는 거요?"

김동명이라는 덩치 큰 조선인 형사였다. 가끔 고봉근의 집에 찾아와 나의 행방을 물었다.

"친구와 한잔하고 오는 길이지."

"저기 뒤따라오는 사람 말이오? 아는 사람이오?"

그는 스무 걸음 정도 떨어져 걸어오는 나를 가리키며 물었다. 이대로 그와 맞서 싸워야 할지도 모른다는 생각에 코트 속 육혈포를 의식했다.

"김포 사는 친구인데 오랜만에 만나 대포 한잔 했소."

"좋겠소. 종로경찰서에 폭탄이 터지고 나서 우린 만날 잠복근무요. 비상이니 밤에 돌아다니지 마시오."

고봉근은 서둘러 집으로 걸었다. 나를 힐끔대는 눈빛이 느껴졌지만 태연하게 그에게 인사했다. 생각보다 상황이 좋지 않다. 이대로 십여 분을 걸으면 집에 도착하지만 마치 백 리 밖에 있는 것처럼 아득하기만 했다. 황옥이 건넨 폭탄이 신경 쓰였다. 저들이 몸을 뒤진다면 한바탕 전투를 벌여야 한다. 다시 한참을 걷자 다른 두 명의 남자가 나타났다.

세 개의 폭탄 (5일 전)　　　　　　　　　　　　　　155

"이 밤에 어딜 갔다가 오는 거요?"

이번에도 그들은 고봉근에게 알은체했다. 후암동 일대를 순찰하는 형사였다.

"종로에서 친구를 만나 대포 한잔 하고 오는 길이오. 오늘은 여기저기 죄다 형사로구만."

"경찰서에 폭탄이 터져 몇 명이나 다쳤는데 참 태연하군."

"폭탄은 폭탄이고 대포는 대포 아니겠소."

고봉근은 능청스럽게 상황을 모면하며 서둘러 집으로 향했다.

"오늘따라 형사들이 많군요. 별일 없을 겁니다. 어차피 안면 있는 자들이니까."

고봉근은 나를 안심시키려 했다. 이런 일을 예상하여 매번 고봉근이 앞장섰지만, 이번에는 상황이 심각했다. 고봉근은 종로경찰서에 폭탄을 던진 사람이 나라는 걸 눈치채지 못했지만, 폭탄 사건과 상관없이 나는 수배 선상에 오른 망명자였다.

조선인 형사 중 간혹 독립군을 돕는 자도 있지만, 결코 믿을 만한 자들은 아니었다. 조금 전 만난 황옥을 떠올린다. 황옥, 그는 과연 어느 쪽에 속한 사람인가.

아기네에 도착했을 때는 이미 자정이었다. 집에 들어서자 아기가 버선발로 뛰어나왔다.

"오라버니, 조금 전에 춘원 오라버니가 사람을 보냈어요. 저녁에 형사부장 미와가 창신동 집을 살피고 갔대요. 마당까지 들어왔다가 집안을 살피는데 오라버니를 찾는 눈치였대요. 집밖에도 형사 여러 명이 있었대요."

"그게 정말이냐?"

"삼판댁 아들 조용수가 며칠간 집 근처를 서성댔대요. 삼판댁 아주머니가 자주 집을 드나들었나 봐요."

아기는 겁에 질려 울먹였다. 순간 올 것이 왔음을 직감했다. 황옥의 말대로 미와가 나의 행방을 수소문하고 있다.

"거처를 옮기는 게 어떨까요? 이대로 가다간 정말 형사들에게 붙잡힐지도 몰라요. 오는 길에 마주친 형사들이 쳐다보는 눈빛이 심상치 않았어요."

"괜찮을 거야. 어차피 느려터진 형사 서너 명 정도는 혼자서 해치울 수 있으니 걱정 말게. 밤이 늦었으니 내일쯤 거처를 옮기도록 하지."

고봉근과 아기를 안심시키려고 한 말이지만 나 또한 긴장하고 있었다.

그날 밤 형사들이 들이닥치면 즉시 뛰쳐나갈 수 있게

신발을 신고 육혈포를 장전하고 행랑채에 누워 잠을 청했다. 밤이 깊도록 잠은 오지 않았다. 거사까지 이틀밖에 남지 않았고 내겐 조악한 폭탄 몇 개와 육혈포가 전부다.

그날 밤, 나는 이틀 후 사이토를 처단할 때까지 아무 일도 일어나지 않기를 빌었다.

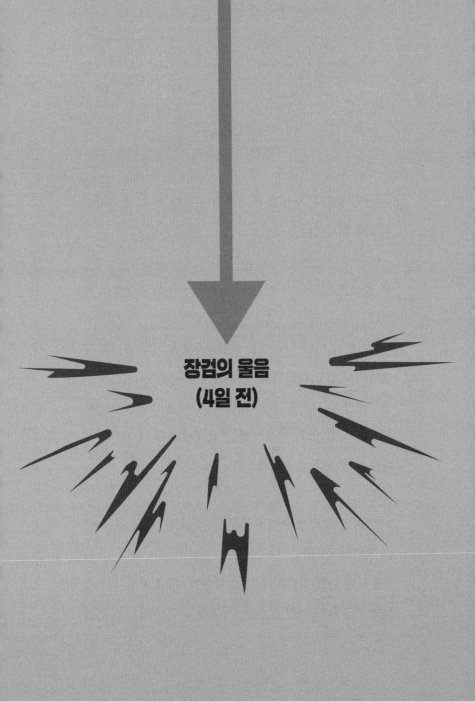

장검의 울음
(4일 전)

눈이 내렸다. 새벽녘에 내리기 시작한 눈은 온 동네를 하얗게 뒤덮었다.

아침에 마당에 나가 소복하게 쌓인 눈을 밟았다. 마을을 둘러싼 감나무의 앙상한 가지에는 눈이 얼어붙어 있었다.

사이토는 내일 동경으로 떠난다. 몇 번이나 연기된 동경행이 내일로 확정됐다. 새해를 맞아 열리는 의회는 매년 1월 초에 시작했지만 조선총독 사이토의 불참으로 보름이나 늦춰졌다. 전우진의 첩보대로라면 사이토는 정확히 내일 오후 3시에 경성역에서 부산으로 가는 열차에 오른다.

"거사가 코앞으로 다가왔군. 사이토와 나 둘 중 하나는 여기서 끝이군."

동지의 눈을 하나하나 보며 말했다. 나를 보는 동지의 눈에 비장함이 서려 있었다. 창고에 감춰둔 무기를 점검

했다. 육혈포 여섯 자루와 탄환 이백 발, 그리고 폭탄 세 개. 폭탄은 황옥이 구해준 것이다. 암시장에서 거래된 폭탄은 이미 몇 번 불발로 끝난 전력이 있다. 몇 해 전 의열단의 김익상이 총독부에 잠입해 터트린 폭탄도 둘 중 하나가 불발이었고 나머지 하나도 성능이 미흡했다. 종로경찰서에 던진 폭탄도 마찬가지였다. 중국 의용대는 그들의 원수인 일본을 겨냥해 성능 좋은 폭탄을 제조하려 했지만 뒷골목 허름한 창고에서 제작된 폭탄의 성능은 좀처럼 나아지지 않았다.

"마자르가 제조한 폭탄은 믿어도 좋을 거요."

상해를 떠나기 전 김원봉이 했던 말을 기억한다. 상해에서 보낸 폭탄이라면 성능을 믿을 수 있다. 하지만 폭탄은 상해로 되돌아갔다. 내가 가진 건 성능을 보장할 수 없는 황옥이 준 폭탄 세 개가 전부다. 내일 경성역에서 죽음을 각오해야 한다. 그걸로 이 긴 여정의 종지부를 찍을 수 있을까.

정오가 되어도 눈은 그치지 않았다. 마지막으로 경성역을 둘러보아야 한다. 암살단 사건 때처럼 갑자기 어떤 일이 닥칠지 알 수 없다.

"이걸 드시고 가세요."

행랑채 다락으로 아기가 밥상을 가져왔다. 상에는 흰

쌀밥이 담긴 그릇이 놓여 있었다.

"쌀밥이구나. 이 귀한 걸 어디서 구했니?"

쌀 파동이 일어나자 일본은 산미증식계획이란 구실을 붙여 조선의 쌀을 수탈해 가 쌀은 쉽사리 구할 수 없는 곡식이었다.

"그이가 아는 분께 부탁해 특별히 얻어 왔어요."

나는 고봉근의 마음에 목이 메어 차마 밥을 먹을 수 없었다.

"드세요, 오라버니. 어서요!"

아기의 말에 울컥하는 마음을 억누르며 숟가락을 들었다. 고봉근과 아기는 내가 뭔가 큰일을 준비하는 걸 아는 것 같았다. 나는 말없이 아기가 차려온 밥을 먹었다. 행랑채 창문 밖에서 매서운 바람이 불어와 텅텅 창에 부딪혔다. 모진 겨울바람이었다.

밥상을 물리고 길을 나섰다. 세찬 바람은 그쳤지만 아직 눈발이 날린다. 잎이 떨어진 앙상한 감나무 가지마다 쌓인 눈이 날카롭게 날을 세우고 있었다. 그때 누군가 집 앞을 서성인 흔적이 보였다. 담장 아래까지 찍힌 발자국. 여인의 작은 고무신 자국이다. 발자국이 찍힌 자리에 눈이 파여 땅이 드러났다. 누군가 머문 흔적이 분명하다. 파인 땅에 눈이 쌓이지 않은 것으로 보아 조금 전까지 이곳에 머물다 떠났다. 밖에서 집안의 동정을 엿보려는 의도가 분명하다. 누굴까. 작은 고무신이라면 여자다. 하지만 아기는 안채에 있고 마을에는 인가가 몇 채 되지 않는다.

문득 며칠 전 육혈포를 꺼내다 마주친 입술에 점이 있는 여자가 생각났다. 여자가 세들어 사는 집은 고봉근의 집에서 백 보 정도 떨어져 있다. 집을 엿보려 했다면 불가능한 거리는 아니다. 정말 그 여자의 발자국일까? 여자는 왜 집을 엿본 걸까? 발길을 돌려 집안으로 들어갔다.

"아기야. 혹시 조금 전에 누가 집에 왔다 갔니?"

"무슨 말씀이세요? 오늘 집에 아무도 오지 않았어요."

안채에 거주하는 아기 내외는 내가 이곳에 머문 후 외부 사람을 집에 들이지 않았다.

"아니다. 내가 잘못 본 모양이구나."

다시 밖으로 나왔지만 꺼림칙한 마음은 좀처럼 사라지지 않았다. 며칠 전 마주친 여자는 내가 육혈포를 꺼내는 걸 봤다. 그 일이 있고 며칠 후 종로경찰서에 폭탄이 터졌으니 여자는 폭파사건의 범인이 나라고 생각했을 것이다. 고등계 형사가 이곳에 포진해 있던 것도 우연이 아니었다. 정말 그 여자가 집을 엿본 걸까.

불안한 마음을 뒤로하고 눈 쌓인 거리를 쉬지 않고 걷

는다. 후암동 감나무밭은 앞을 구분할 수 없을 만큼 눈이 쌓여 있다. 한 걸음씩 나아갈 때마다 발목까지 눈에 잠겼다. 자세히 보니 고무신 자국 같은 발자국이 길 곳곳에 찍혀 있다. 발자국 위로 눈이 떨어져 모양을 구분하기 쉽지 않지만 누군가 마을 밖으로 나간 것이 분명했다. 나는 애써 마음을 추스른다. 백여 가구가 사는 마을에 사람 발자국이 난 것이 이상한 일만은 아니다. 불필요한 의심은 좋지 않다. 어차피 내일이면 모든 것이 끝난다.

눈 덮인 감나무밭을 지나 한참을 걸어 후암동 입구에 다다르자 멀리 남대문의 추녀가 보였다. 나는 서둘러 경성역으로 향했다. 총독부 건물이 있는 남대문 일대는 사이토의 동경행을 앞두고 평소보다 많은 병력이 배치됐다. 총독부는 사이토의 출국을 조용히 추진하려는 의도인지 신문에도 환송식에 대한 언급은 없었다. 보도통제를 내린 게 분명하다.

경성역에 이르러 역 주변을 서성이며 상황을 살폈다. 평소보다 병력이 조금 더 많을 뿐 폭풍전야처럼 고요하다. 내린 눈이 돔으로 된 지붕을 하얗게 뒤덮었다. 나는 역의 구조를 확인했다. 바로크 양식의 돔과 고전미를 갖춘 역사는 안으로 들어서면 섬세한 장식에 반원형의 아치형 천장이 있는 중앙 홀이 돋보였다. 하지만 생각보다 좁아 의심받지 않고 총기를 반입하는 게 쉽지 않았다. 게다가 사이토를 저격한 후 순사들에게 둘러싸이면 사로잡힐 수밖에 없다.

한동안 사이토를 저격할만한 장소를 물색했지만 마땅한 장소를 찾을 수 없었다. 역사는 폐쇄된 공간이었고 더구나 거사일인 내일은 일반인의 출입이 금지된다. 사이토는 평소처럼 전용 통로를 이용해 플랫폼으로 갈 것이다.

플랫폼은 겹겹이 둘러싼 순사로 가득해 함부로 움직이지 못한다. 그렇다면 결론은 하나, 사이토가 역으로 들어가기 직전에 처단하는 것이다.

총독부가 있는 회현동에서 역까지는 군중들이 저지하지 않는 한 마차로 10분이면 도착할 거리다. 자동차가 다닐 수 있는 길 또한 두 갈래다. 그 길 사이에 저격수를 배치하는 방법도 있지만 그것은 많은 희생을 감내해야 한다. 한훈과 김동순이 수감된 지금 제대로 훈련을 익힌 사람은 안홍한과 나 둘뿐이다. 무기조차 갖추지 못한 지금 훈련을 거치지 않은 동지들에게 정확한 사격을 기대할 수는 없다. 경성역에 이르는 두 갈래 길이 모이는 곳은 남대문에서 멀지 않은 조선은행 앞이다. 전현직 관료가 설립한 조선은행이 폐점된 자리에서 멀지 않은 곳에 일본이 재정을 장악한 같은 이름의 조선은행이 들어섰다. 서양식 건물은 인파가 몰렸을 때 표적의 위치를 가늠하기에 적합하다. 나는 첫 번째 저격 장소를 그곳으로 정했다. 사이토가 마차나 자동차를 타고 역으로 간다면 반드시 그곳을 지나쳐야 한다.

"사이토를 저격하는 건 내가 맡겠네. 자네들은 경성역 주변을 맡아주게."

어젯밤 황옥을 만나기 전 성학사 사무실에서 한동안 경성역을 오가며 물색한 저격 장소와 거사 계획을 동지들에게 말했다. 한참 논의한 후 안홍한과 윤익중에게 그곳을 맡기기로 했다.

"형사들이 일제히 선생님을 노릴 텐데 위험하지 않겠어요?"

익중이 염려했다. 3년 전 암살단 사건으로 경성 피스톨이란 별명이 붙은 나라면 형사들의 타겟이 되어도 이상하지 않다.

"상관없네. 사이토를 저격하고 담판을 짓는 것이 내가 상해에서 돌아온 이유야. 이동녕 선생이 맡긴 혁명사령관의 역할을 소홀히 할 수 없지."

경성의 봄 1923

혁명사령관, 허울에 지나지 않는 자리에 불과하지만 목숨을 걸고 압록강을 넘어 조선으로 돌아오던 날의 다짐을 잊지 않았다.

"저도 저격을 돕겠습니다."

안홍한이 말했다. 그의 눈에는 죽음을 각오한 비장함이 담겨 있었다. 경성에 돌아온 후에도 상해에서 돌아오던 날이 늘 뇌리에서 떠나지 않았다.

안홍한과 함께 상해에서 돌아오던 날도 눈이 내렸다. 봉천항으로 향하는 상선의 갑판 위로 눈발을 머금은 바닷바람이 불었다. 눈은 밤새 내리다 잦아들기를 반복했다. 바다에 떨어진 눈은 수면에 머물다 이내 바닷속으로 스며들었다.

상선의 밑바닥에 숨어든 인간은 짐짝과 다를 바 없었다. 선체가 삐걱대며 좌우로 기울 때마다 먼저 숨어든 쥐들의 찍찍대는 소리가 들려왔다.

안홍한과 나는 화물칸 귀퉁이에 자리를 깔았다. 코트를 벗어 비단 궤짝으로 위장한 탄약 상자에 덮고 그 위에 머리를 대고 누웠다. 화물을 실은 배는 밤새 물살을 헤치고 봉천항으로 향했다. 증기선의 기적 소리가 고된 잠을 뒤흔들었다. 배의 흔들림과 회중시계의 초침소리. 잠깐 잠이 들었을 때 뭔가가 옥죄는 느낌에 자다 깨기를 반복했다. 마음을 진정시켜야 한다고 몇 번이나 되뇌었다.

새벽녘 배는 봉천에 도착했다. 선체가 항구에 닿자 선원들이 고함을 지르며 닻을 내렸다. 고된 잠에 빠진 안홍한을 흔들어 깨웠다. 코트 주머니에서 회중시계를 꺼내 날짜를 확인하고 수첩을 꺼내 끼적였다.

-항저우를 출발한 배가 봉천항에 다다랐다. 이제부터 살고자 하는 모든 희망을 버려야 한다.

수첩에 적힌 글귀를 한참 들여다보다 펜으로 휘갈겼다.

봉천항에 내린 나는 안둥으로 향했다. 상해에서 위조한 통행증으로 중국군이 주둔하는 검문소를 무사히 통과할 수 있었다. 김원봉이 중국인 브로커에게 부탁해 만들어준 통행증이다. 다행히 중국 국경 주둔부대는 조선인에게 협조적이었다.

압록강 철교는 신의주와 안둥현을 연결하고 있었다. 경성으로 돌아가려면 반드시 압록강을 건너야 한다. 압록강 철교에 이르렀을 때는 이른 새벽이었다. 얼어붙은 강 위로 눈이 내렸고 강물이 살얼음을 이룬 자리마다 얼음구멍이 보였다. 구멍은 사람이 빠져 죽은 자리에 남겨진 무덤이었다. 강을 건너려는 자의 목숨을 삼켜버릴 듯 얼어붙은 강은 아가리를 벌렸다. 검붉은 색의 철교가 강 이편에서 저편으로 잇닿은 모습은 거대한 성벽처럼 보였다. 새벽 미명에 바라본 강 저편은 아득하기만 했다.

강을 건너려면 일본 군부대가 번을 서는 철교 입구 초소를 습격해야 한다. 습격을 선택한 건 나였고 그것이 가장 좋은 방법이라 믿었다.

"초소를 습격하는 동안 지원사격 해주게."

내 말에 안홍한이 눈빛으로 답했다. 만주 군사학교에서 훈련받은 안홍한은 몸이 다부지고 날렵했다. 나는 안홍한과 나의 무운을 시험해 보고 싶었다.

상해에서 가져온 궤짝을 내려놓고 철교 위로 올라가 교각에 걸친 사다리를 타고 초소에 접근했다. 얼어붙은 사다리는 얼음처럼 차가웠다. 번을 서는 경비병이 몸을 움츠린 채 손을 비벼댔다. 나는 발소리를 죽이고 경비병에게 다가갔다. 때맞춰 기적 소리가 들렸다. 기차는 멀리서부터 점점 철교 가까이 다가왔다. 수 초가 지나자 기차는 철교에 이르렀다.

끼기긱- 바닥을 박차고 뛰었다. 철판으로 뒤덮인 바닥에서 쇳소리가 났다. 경비병이 고개를 내밀어 주변을 살폈다. 나는 몸을 날려 경비의 목덜미를 육혈포로 내리쳤다. 팍- 소리와 함께 경비병은 쓰러져 바르르 몸을 떨었다.

"죽지는 않았겠죠?"

뒤따라온 안홍한이 말했다.

"이 정도는 곧 깨어날 거야."

경비병의 몸을 뒤지자 일본어와 한문이 뒤섞인 수첩이 나왔다. 그는 아직 젊었고 젊음에 비해 운이 없었다. 발소리를 죽여 건너편으로 뛰었다. 철교는 몹시도 길었고 눈발은 귀신 소리를 내며 귀를 어지럽혔다.

강을 건넌 후에도 한참을 뛰었다. 살을 에는 바람 소리가 귓가에 바짝 따라 불었다. 머잖아 총소리가 들렸다. 보초병의 부재를 알아차린 초소 경비대는 뒤늦게 보이지 않는 적을 쫓고 있었다. 한참을 달려 뒤를 돌아봤을 때 압록강 철교에는 여전히 눈이 내리고 있었다. 얼어붙은 강은 물과 뭍을 구분할 수 없었다. 눈은 밤새 내려 사방은 새하얀 눈으로 뒤덮여 갔다.

그렇게 생사를 공유하며 함께 경성으로 돌아온 안홍한이었다. 나는 그의 눈을 바라보다 입을 열었다.

"그렇다면 자네는 첫 번째 저격 장소인 조선은행에서 먼저 사이토를 맡아주게. 자네가 실패하면 내가 경성역에서 기다리다가 사이토를 쏠 테니."

내 말에 안홍한은 알겠다고 했다. 그는 지금쯤 조선은

행 앞을 샅샅이 뒤져 사이토를 저격할 장소를 물색했을 것이다.

역 안팎을 한참 동안 뒤져 사이토를 저격할 두 번째 장소로 마차정거장 뒤쪽 건물을 선택했다. 마차정거장에서 30보 가량 떨어진 그곳이라면 사이토를 저격할 수 있을 것이다. 나는 마차정거장 앞 나무 계단에 작은 돌을 던져 거리를 가늠했다. 돌은 계단에 쌓인 눈 위로 소리 없이 떨어졌다. 기척을 느꼈는지 마차정거장 주변에 있던 순사가 계단을 살피러 왔다. 나는 순사의 눈을 피해 경성역 뒤쪽으로 걸었다. 열차 한 대가 기적을 울리며 경성역으로 들어오고 있었다. 남쪽으로 한강을 낀 이곳은 조선왕조의 군영이 있던 자리다. 영문포수였던 아버지는 이곳에 있던 조선군의 군영에서 군관으로 일했다. 조선이 망할 무렵, 러시아와 청나라의 군대는 번갈아 남영에 주둔했다. 하지만 지금 그곳을 차지한 건 일본 보병부대다. 기차는 매일 보병대를 지나치며 경성을 오갔다.

굴다리를 지나 역으로 들어오는 기차를 쳐다보다 조선은행 쪽으로 길을 재촉한다. 경성 시내엔 계속 눈이 내렸다. 마차정거장을 다시 살핀 뒤 첫 번째 저격 장소가 될 조선은행 쪽으로 향한다. 주변 건물을 눈으로 익히며 거리를 잰다. 거리엔 부쩍 늘어난 자동차 덕에 손님을 잃은 인력거꾼들이 도로 귀퉁이에 인력거를 세우고 지나가는 사람에게 동정의 눈빛을 보냈다.

은행으로 이어진 보도를 따라 걷다 불과 오십여 보 앞에서 눈에 익은 형사 두 명이 이쪽으로 걸어오는 게 보였다. 제복을 입지 않은 것으로 봐서 사복순찰 중이었다. 형사와 마주치지 않게 길모퉁이로 돌아 골목 안으로 들어선다. 잠시 후 그들이 지나칠 때쯤 또 한 무리의 형사가 경성역으로 오는 게 보였다. 나는 놀라 그 자리에서 굳어버렸다. 뜻밖에도 그 무리 사이에 카즈키가 있었다. 얼마 전 몽상신전류 도장에서 본 카즈키. 하필 거사를 앞두고 이곳을 순찰하는 카즈키와 마주치다니. 그는 자신을 보는 시선을 느꼈는지 걸음을 멈추고 골목을 살폈다. 나는 그 시선을 피해 골목 깊은 곳으로 몸을 틀었다. 온몸이 얼어붙을 것처럼 긴장했다. 만세운동이 있던 날이 떠올랐다. 내게 검을 뺏긴 카즈키의 분노에 찬 눈빛이 머릿속에서 지워지지 않았다.

징징징- 카즈키의 장검을 뺏은 그날 주인을 잃은 장검은 밤새 울었다. 카즈키의 일그러진 표정과 살기가 검을 통해 내게도 전달됐다. 검을 빼앗긴 카즈키가 자신에게 모욕을 준 나를 찾아 헤맨다는 말을 황옥에게 전해 들었다. 무수한 날이 지나도록 그는 나를 향해 검을 휘두르고 있었다.

경성역과 남대문 일대를 수색한 후 눈발이 그친 오후
에 성학사 사무실로 돌아왔다. 직원들이 퇴근한 사무실
엔 대순만이 남아 사무를 보고 있었다.

"어서 오게. 미행은 없었나?"

대순이 문밖을 살핀 후 소리나지 않게 문을 닫았다.

"뒤를 쫓는 낌새는 없었어. 여긴 별일 없는가?"

"아직 특별한 움직임은 없어. 여기까지 냄새를 맡지는
않은 모양이야."

"다행이군."

사이토가 동경으로 떠나는 날을 앞두고 예비단속이 벌
어질 것이 분명했다. 다행히 일본인이 경영하는 성학사
사무실까지 단속이 확대되지는 않았다. 한동안 거처를
옮기며 주의를 분산시킨 효과가 있었다. 문제는 황옥이
다. 적어도 황옥은 내가 이곳을 수시로 오가는 걸 알고 있
다. 모든 건 그의 본심이 어디를 향하느냐에 달려 있다.

"아직 마음을 놓을 순 없어. 김한을 비롯해 많은 이들
이 종로서에 불려가 조사받고 있어. 그들이 자네의 행방
을 발설한다면 이곳까지 위험해질 거야."

걱정하던 대순은 경영주 노다의 자리로 들어가 책상

서랍에서 뭔가를 꺼내왔다.

"어서 받아. 전우진이 구해준 기차표야."

대순이 내민 건 경성역에서 천안까지 가는 기차표였다. 내일 경성역 마차정거장 가까이 다가가려면 기차표가 있어야 한다.

"수고했어. 반드시 거사에 성공해서 원수를 갚겠어."

기차표를 코트 주머니에 넣으며 대순의 손을 굳게 쥐었다. 나의 적은 누구인가. 고문으로 윤희를 죽인 자. 나라를 걱정하며 한숨 쉬던 아버지를 죽게 한 자. 코트 주머니 깊은 곳에 움켜쥔 육혈포의 총부리는 어디를 향해야 하는 걸까.

"그나저나 오늘밤도 후암동에서 머물 건가?"

"그럴 생각이네. 후암동도 더는 안전하지 않지만 내일이면 모든 게 끝이야."

"꼭 성공하게. 그리고 형사가 들이닥치지 않게 조심해야 해."

대순이 말했다. 모든 준비가 끝났고 이미 주사위는 던져졌다. 오늘만 지나면 모든 것이 과거의 일이 된다.

"거사 후 동료들이 흩어지면 효제동 이혜수의 집으로 연락하게."

"알겠네. 나는 이곳에서 내일 사이토가 죽었다는 소식

을 기다리지."

배웅하는 대순을 꽉 껴안은 후 성학사를 나왔다. 밖은 눈보라가 몰아치고 있다.

코트 자락을 단단히 동여매고 후암동으로 발걸음을 돌린다. 지독한 눈폭풍이다. 길을 걷다 돌아보니 지나온 길에 온통 발자국이 찍혀 있다. 다행히 발자국은 금세 눈보라에 묻혔다. 끝까지 주의를 게을리해서는 안 된다. 집이 몇 채 되지 않은 이곳에 형사들이 덮치면 속수무책이다. 내일 새벽 고봉근의 집을 나와 거사를 성공시키고 바로 상해로 돌아가야 한다. 딱히 갈 곳을 정한 건 아니지만 그곳만이 내가 있을 유일한 장소이다. 그 순간 어쩌면 이제 세상 어디에도 내가 가야 할 곳이 없을지도 모른다는 생각이 뇌리를 스쳤다.

눈길을 걸어 집으로 돌아와 행랑채 다락에 목침을 베고 눕는다. 귀신 소리를 내며 몰아치던 눈보라는 자정까지 이어졌다. 준비는 끝났고 내일이면 모든 것이 결정된다. 담 밑에 찍힌 발자국이 신경 쓰이지만 어차피 내일 새벽 이곳을 떠나야 한다.

몸을 뒤척이다 코트 안주머니에서 회중시계를 꺼낸다. 뚜껑을 열자 사진 속의 윤회가 환한 표정을 짓고 있다. 윤회를 보는 것도 이것이 마지막일지 모른다. 품속에서 모젤을 꺼내 탄환을 장전한다. 육혈포의 금속성이 손바닥에서 심장까지 전달된다. 어쩌면 내일 육혈포와 함께 윤회를 다시 만나게 될지도 모른다.

오랫동안 뒤척이다 새벽이 가까워지자 비로소 잠이 들었다.

맨발로 남산을 넘어
(3일 전)

이른 봄, 윤회가 빨래를 하고 있다. 공동 우물에서 길어온 물에 담근 윤회의 손이 빨개졌다. 임시정부 청사에서 조소앙 선생을 만나고 돌아왔을 때 윤회는 차가운 손을 비비며 빨래를 하고 있었다. 빨래통에 손을 넣은 채 윤회는 나를 보며 미소 지었다.

허름한 중국식 목조 가옥은 임시정부 인사들이 돈을 모아 구해준 집이다. 천정까지 꼬이는 빈대와 사방 벽을 메운 곰팡이, 간혹 이웃집에서 새어 들어온 향초 냄새가 코를 찌르는 집은 청나라 시대의 유물 같았다. 윤회와 함께한 시간 동안 이전에 맛보지 못한 자유를 만끽했다. 적어도 상해의 프랑스 조계에 자리 잡은 임시정부 청사 인근에는 뒤를 밟는 형사도 조선인 첩자도 없었다. 그 누구에게도 쫓겨 다니지 않는 자유, 실로 오랜만에 느끼는 해방감에 취한 나날이었다.

"이것 보세요. 약식을 만들었어요."

한동안 부엌에서 뭔가를 만들던 윤희가 접시에 담긴 음식을 들고 왔다. 재료가 충분하지 않았지만 분명 조선의 약식이다.

"이렇게 귀한 것을! 찹쌀은 어떻게 구했소?"

"이시영 선생님 댁 며느님께 얻었어요. 청사에 가서 이동휘 선생님과 김구 선생님께도 드릴 거예요."

윤희는 웃고 있었다. 불과 몇 달 전 생사의 갈림길에 선 채 내 등에 업혀 얼어붙은 압록강을 건넌 윤희였다. 애써 웃고 있지만 종로경찰서에 끌려가 받은 고문의 상처는 여전히 윤희를 짓눌렀다. 밤마다 비명을 지르며 깨어나는 윤희의 몸은 땀으로 흥건했다. 내 앞에서는 애써 밝은 표정을 지었지만, 윤희의 몸은 이미 무너져 내리고 있었다.

"선생님, 선생님."

윤희의 목소리가 귓가를 울리는 듯하다.

"독립이 되면 가장 먼저 무얼 하실 건가요?"

"세상에서 가장 큰 태극기를 만들어 짊어지고 조선 팔도를 다닐 거야. 그리고 외치겠지. 우리도 이제 독립이 되었다고."

"그럼 저도 선생님을 따라 다니며 독립이 되었다고 외칠 거예요."

그 순간 윤회는 행복해보였다. 독립이 되면 너와 함께 경성으로 돌아가고 싶다는 말을 가슴에 숨기고 있다는 걸 윤회는 알았을까.

쿵쿵쿵- 누군가 대문을 두드리는 소리에 잠에서 깼다.

얼마나 잤는지 알 수 없지만 밖은 아직 깜깜하다. 조금 전까지 꿈을 꿨던 것 같다. 꿈에 윤회를 봤다. 윤회는 나를 보며 웃었다. 그건 정말 꿈이었을까.

주먹으로 문을 두드리는 소리는 점점 더 격렬해진다.

"주인! 이봐, 안에 고봉근 있나? 문 열어. 어서!"

고봉근을 부르는 소리는 한두 명이 아니었다. 일본말과 조선말이 뒤섞인 여러 명의 목소리가 대문 밖에서 들려왔다.

"거기 누가 오셨어요?"

안방 문을 열며 밖을 내다보던 아기가 놀라 바닥에 주저앉는다.

"누구요? 대체."

이어 고봉근의 외침이 들려왔다. 나는 형사들이 쳐들어온 걸 직감했다. 행랑채 문틈으로 밖을 살피자 눈으로 뒤덮인 마당에 형사들이 몰려와 집을 뒤지기 시작했다. 아직 사물을 완전히 구분할 수 없는 이른 새벽이다.

"여기 김상옥이 있다는 걸 알고 왔어. 김상옥은 어디 있나?"

순간 집 앞에 찍힌 여자의 발자국이 떠올랐다. 앞집에 세들어 사는 여자가 신고한 걸까. 밖을 살피던 나는 대문 안팎에 포진한 순사들 사이에서 미와를 발견했다. 악귀처럼 창백한 얼굴의 미와가 그곳에 있었다.

"당신이 집주인가? 김상옥은 어디 있나?"

"왜 이러시오? 이 새벽에."

덩치 큰 순사가 항의하는 고봉근의 멱살을 잡아챘다.

"잠자코 김상옥이 어디 있는지 말해."

머리에 온통 눈을 뒤집어쓴 남자는 유도사범 다무라였다. 몇 달 전 마루야마와 함께 춘화관에서 나오던 다무라를 정확히 기억한다. 다부지고 큰 덩치에 비해 민첩한 남자다.

"뭐요? 남의 집에 함부로 쳐들어와 이래도 되는 거요?"

고봉근이 항의하자 순사들이 그의 몸을 결박해 바닥에 쓰러뜨렸다. 쓰러지며 문지방에 허리를 찧은 고봉근이 신음하며 마당으로 끌려 나왔다.

"저 방에 김상옥이 있나?"

행랑채로 눈을 돌린 다무라가 소리쳤다. 어젯밤 신발

을 벗은 채 잠이 들었다. 하필이면 이때 신발이 밖에 있
다니. 결전을 앞두고 잠을 푹 자두려고 한 게 화근이었
다. 다행히 장전한 채로 머리맡에 놓아둔 모젤은 어둠
속으로 스며든 빛에 반사돼 위치를 알리고 있었다. 나는
급히 모젤을 집어든다.

"여기 신발이 있다."

누군가 소리쳤다.

"김상옥이 거기 있을 거야. 문을 부수고 들어가!"

미와의 목소리가 들렸다. 형사들이 행랑채로 몰려들어
문을 열려고 했지만 안에서 빗장을 걸어 잠근 문은 쉽게
열리지 않았다.

"비켜! 내가 열 테니."

다무라가 툇마루로 올라와 문을 잡아당겼다. 부서질
것처럼 삐걱거렸지만 좀처럼 열리지 않았다. 문을 부수
지 않는 한 쉽사리 열리지 않을 것이다. 하지만 문이 언
제까지 버텨줄지 알 수 없다. 문이 깨진다면 다락으로
올라가 밖으로 뛰어내리는 수밖에 없다.

"분명히 여기 있을 거야. 문이 안에서 잠긴 게 수상
해."

다무라가 말했다. 그가 체중을 실어 문을 잡아당기자
문짝이 부서질 것처럼 흔들렸다. 나는 다무라가 체중을

더 많이 신기를 기다렸다. 체중을 견디지 못한 문짝이 부서지는 찰나를 노려야 한다.

곧 문짝이 떨어지려 했다. 나는 베고 자던 목침을 들어 문의 빗장을 내려쳤다. 빗목이 부러지며 문이 열렸다. 체중을 실어 문을 잡아당기던 다무라는 균형을 잃고 마당으로 나가떨어졌다.

쿵- 육중한 물체가 바닥에 떨어지는 소리가 들렸다. 유도로 단련된 다무라의 낙법도 무용지물이었다.

"저기 누군가 있다."

밖에서 행랑채를 쳐다보던 미와가 나를 발견하고 소리쳤다. 미와가 고함치자 형사들은 행랑채 안으로 총을 겨누었다. 쌓인 눈이 충격을 줄인 탓에 다무라는 금세 눈을 털고 일어났다. 화가 났는지 얼굴이 빨갛게 상기됐다. 내 머릿속은 온통 한 가지 생각으로 가득했다.

-저 괴물 같은 다무라를 쏘지 않고선 살아남을 수 없다.

여기서 살아남으려면 그를 사살해야 하지만 밖에 있는 아기 내외가 위험하다. 아직 밖은 사물을 완전히 구별할 수 없을 만큼 어둡다. 다행히 간밤이 내린 눈 탓에 주변을 어느 정도 식별할 수 있다. 그때 멀리서 닭 우는 소리가 들렸다.

다무라는 어깨와 등에 묻은 눈을 털며 일어났다. 나는 바닥에 깔린 이불을 집어 들어 방어 자세를 취했다. 그와 동시에 다무라가 문턱을 넘어 행랑채 안으로 뛰어들었다. 무소와 같은 돌진. 기민한 몸놀림. 순식간에 내 앞으로 다가선 그는 두 팔을 벌려 나를 움켜잡고 제압하려 했다. 다무라의 커다란 손이 덤벼들기 직전 그의 얼굴에 이불을 던졌다. 그리고 몸을 뒤로 빼며 다무라의 가슴을 발로 찼다. 가슴을 맞은 다무라는 비틀대며 뒤로 밀려나 균형을 잃었다. 다시 몸을 날려 가슴을 차자 다무라의 몸이 마당으로 내동댕이쳐졌다. 쿵- 하며 육중한 덩치가 나가떨어지는 소리가 들렸다.

"다무라를 부축해!"

미와의 말에 겁에 질린 형사들이 쓰러진 다무라를 일으키려고 다가왔다. 그때 총성이 들렸다. 미와가 행랑채 안으로 엄호 사격을 했다. 나는 모젤의 방아쇠에 검지를 걸고 행랑채 깊은 곳으로 몸을 숨겼다.

"매부, 고개 숙여."

마당으로 끌려온 고봉근과 아기가 들을 수 있게 소리친 후 행랑채로 다가온 형사를 향해 육혈포를 발사했다.

탕- 탕-

두 발의 총성과 함께 다무라를 부축하러 온 형사들이

쓰러졌다. 총알은 정확히 그들의 몸을 꿰뚫었다.

"이마세"

"우메다"

마당으로 들이닥친 형사들이 총에 맞은 자의 이름을 불렀다. 자신을 구하러 오던 자들이 총에 맞아 쓰러지자 다무라가 허리춤에서 권총을 꺼내 겨눴다. 나는 반사적으로 방아쇠를 당겼다.

탕탕탕-

총알은 정확히 다무라의 가슴과 목에 박혔다. 붉은 피가 허공으로 흩어져 눈 위로 뿌려졌다. 다무라는 권총을 움켜쥔 채 뒤로 넘어졌다. 들이닥친 형사들은 놀란 얼굴로 입을 다물지 못했다. 다무라의 몸에서 흐른 피가 눈 쌓인 마당을 붉게 물들였다. 놀란 형사들은 장독대 뒤에 몸을 숨기고 총을 쏘기 시작했다. 총상을 입은 우메다가 총 맞은 어깨를 감싸고 사랑채 마루 밑으로 기어들어 갔다.

총격전이 이어지자 폐가 끊어질 듯 숨이 차올랐다. 행랑채 벽 뒤로 숨어 숨을 몰아쉰다. 가쁜 숨 사이로 차가운 새벽 공기가 폐 속으로 들어온다.

탕-, 탕탕탕-

마당 저편에서 총소리가 들려온다. 도망간 형사들이 나를 향해 총을 난사한다. 다락으로 올라가 안에서 문을 잠그자 형사들이 행랑채로 몰려든다. 다락에 숨겨놓은 클로드니케와 탄환을 챙겨 코트 주머니에 넣는다. 어두운 다락 한 귀퉁이에 작은 빛이 보인다. 창문에 덧댄 나무판 사이로 빛이 스며든다. 발로 나무판을 차자 팍 소리와 함께 나무판이 깨졌다. 여러 번 반복하자 나무판이 완전히 부서졌다. 부서진 나무판 사이로 눈 덮인 마을이 드러났다. 나는 즉시 창밖으로 뛰어내린다. 내린 눈이 충격을 줄여주었다. 등 뒤로 소란스러운 소리가 들렸다. 형사들이 행랑채 다락까지 들어왔다. 나는 눈길을 달려 남산 쪽으로 온 힘을 다해 뛰었다.

탕– 등 뒤에서 총소리가 들렸다. 다락에서 뛰어내린 걸 알아차린 형사들이 뒤쫓으며 총을 쐈다. 아직 동이 트지 않아 나를 정확히 겨냥하지 못했다. 몸을 돌려 따라붙는 자들에게 응사했다. 모젤과 클로드니케를 번갈아 쏘자 겁먹은 형사들은 추적하지 못했다. 감나무에 몸을 숨기고 쫓아온 형사에게 총을 쐈다. 총에 맞은 형사가 쓰러지며 비명을 질렀다. 뒤쫓는 형사들의 무의미한 비명만이 눈보라 속으로 흩어졌다.

버선발로 눈을 밟으며 남산으로 향했다. 무릎까지 쌓인 눈이 몸을 잡아당겨 쉽게 앞으로 나갈 수 없다. 폐 속까지 들어찬 공기가 숨을 내뱉을 때마다 입김을 만들어냈다. 발가락이 떨어져 나갈 것처럼 아프다.

남산을 쉬지 않고 가로질러 남동쪽으로 뛴다. 일본인 집단 거주지인 진고개와 조선총독부로 이어지는 큰길과 인접해 있는 왜성대는 피해야 한다. 눈 덮인 산을 뛰는 동안 몇 번이나 넘어졌는지 모른다. 넘어지기를 반복하며 산 중턱에 도달해 뛰는 걸 멈추고 주변을 둘러봤다. 더 이상 형사의 추적은 없다.

정신을 가다듬고 바위에 걸터앉자 발에 고통이 느껴졌다. 긴장이 풀렸다. 버선발로 눈밭을 뛴 탓에 발에 피가 흐른다. 얼어붙은 버선을 벗자 날카로운 돌에 찢긴 상처투성이 발이 드러났다. 살점이 떨어져 나간 발바닥이 너덜너덜했다. 얼어붙은 발에 감각이 없다. 신발을 벗고 잠든 게 화근이다. 그래도 실탄을 장착한 육혈포를 가져올 수 있어 다행이다.

살을 에는 바람이 몸을 훑고 지나간다. 발을 주무르자 사라진 감각이 돌아왔다. 고봉근의 집에 숨은 걸 형사들이 어떻게 알았을까? 품속에서 육혈포를 꺼내는 걸 본 이웃집 여자가 밀고한 걸까? 황옥의 말대로 미와가 나를 찾으려고 사람들을 풀어 내 행방을 수소문하고 있던 것인지도 모른다. 그런 상황에서 몸에 총을 지닌 낯선 사람을 봤다는 신고가 들어왔다면……. 아니 어쩌면 황옥이 나를? 아니다. 만약 그렇다면 형사대를 데려온 건 황옥이어야 한다. 그가 미와에게 공을 내줄 리가 없다. 총에 맞아 쓰러진 다무라와 두 명의 형사는 어떻게 되었을까. 가슴에 총탄을 세 발 맞은 다무라는 즉사했을 것이다. 총알은 다무라의 목과 가슴을 정확히 관통했다. 다무라의 영혼은 후회 없이 눈을 감았을까. 그 누가 사지에 내몰린 처참한 운명을 탓할 수 있을까. 나는 낮게 숨을 내뱉는다.

그때 어둠을 뚫고 남산 저편에서 해가 떠오르기 시작했다. 눈을 뜰 수 없을 만큼 밝은 빛이 쏟아지고 있었다. 나는 한동안 해가 뜨는 걸 가만히 바라봤다. 그때 한 가지 생각이 뇌리를 스쳐갔다.

-사이토가 동경으로 떠나는 날이다.

눈 덮인 남산을 쉬지 않고 달렸다. 발을 디딜 때마다 무릎까지 차오른 눈이 발의 움직임을 막는다. 발을 감싼 버선은 이미 얼어 딱딱해졌다. 흘러내린 피와 눈이 섞여 버선을 붉게 물들였다. 멀리서 간간이 고함소리가 들린다. 소리는 바람을 타고 꽤 먼 곳까지 전달됐다. 간혹 형사들이 풀어놓은 순찰견이 짖는 소리도 들렸다.

방향을 잡으려면 높은 곳으로 가야 하지만 산 위로 올

라갈수록 포위망이 좁혀질 게 분명하다. 꺾인 나뭇가지로 방향을 예측해 남동쪽으로 무작정 달린다. 수색대의 고함은 바람을 타고 끝없이 이어진다. 남산 수색이 본격적으로 시작되었다.

남산 마루턱에 이르자 소나무가 가득한 숲이 나타났다. 앞만 보고 한참 달리자 나무가 사라지고 길이 끊기며 탁 트인 하늘이 드러났다. 낭떠러지다. 눈앞은 까마득한 경사가 펼쳐지고 수십 길 밑으로 바위가 보인다. 경사 아래는 바위뿐인 채석장이다. 그 순간 흙이 무너지며 한쪽 발이 아래로 미끄러졌다. 체중을 감당하지 못해 지반이 무너졌다. 아래로 떨어지며 뭐든 붙잡으려고 애썼다. 절벽 사이로 튀어나온 소나무 가지에 손을 뻗었지만 무게를 감당하지 못하고 가지가 부러졌다. 반대편 손으로 다른 가지를 붙들어 충격을 줄였지만 마지막 순간 균형을 잃고 절벽 아래로 몸이 굴러 떨어졌다.

낭떠러지 아래는 서빙고 채석장이었다. 평평한 바위에 떨어진 데다 쌓인 눈이 충격을 줄인 탓에 다행히 정신을 잃지 않았다. 사방에 날카로운 바위가 가득해 칼날 같은 바위에 떨어졌다면 목숨을 부지하기 어려웠을 것이다.

"하늘이 돕는구나."

안도의 숨을 내쉬었지만 안심하기엔 이르다. 절벽에서

떨어질 때 동상 걸린 발의 상처가 더욱 깊어졌는지 발끝이 욱신거렸고 충격으로 어깨와 허리에 감각이 없다. 문제는 그것만이 아니다. 코트 속에 있던 육혈포 중 하나가 떨어졌는지 보이지 않았다. 신익희가 준 클로드니케였다. 다무라와 두 명의 형사를 저격한 후 행랑채를 빠져나와 총격전을 벌인 후에도 육혈포는 코트 속에 고스란히 들어 있었다. 눈 덮인 소나무 숲으로 들어올 때만 해도 마찬가지였다. 분명 절벽 어딘가에 떨어뜨렸다.

"신익희, 미안하네. 자네가 준 총을 잃어버렸어."

탄식이 나왔다. 상해에서 오던 날 내 손을 붙들던 신익희의 눈을 기억한다. 클로드니케는 이름밖에 남지 않은 나라에서 망명해온 신익희가 가진 유일한 무기였다. 신익희는 3.1 만세 사건에 가담한 일로 일본 고등계 형사에게 쫓겨 상해로 들어왔다. 그 과정에서 농사꾼 차림으로 용산역에서 신의주행 열차와 증기선을 갈아타고 상해까지 흘러온 그였다. 상해 부두에서 헤어지는 날 신익희는 내 손을 잡은 채 말했다.

"잘 가시오. 나도 곧 따라가겠소."

그는 금방이라도 눈물을 쏟을 것처럼 어깨를 떨었다. 그 울음이 비단 나를 향한 것은 아니었을 것이다. 그것은 나라 잃은 망명객의 서러운 눈물이었다. 절벽 어디에 총을 빠뜨린 걸까? 어쩌면 남산을 헤매는 동안 떨어뜨렸는지 모른다. 소나무 숲 어디쯤일까? 아니다. 절벽에서 떨어질 때 몸이 많이 흔들렸으니 절벽 어딘가에 있을 것이다. 하지만 수십 미터에 달하는 가파른 절벽은 까마득하기만 하다. 동상으로 제대로 걷기 어려운 지금 절벽을 기어올라 총을 찾는 건 무리다. 순사들이 토끼몰이식으로 산을 에워싸며 포위망을 좁혀오기 전에 서둘러 벗어나야 한다. 컹컹- 절벽 위 어딘가에서 개 짖는 소리가 들렸다. 고함과 재촉하는 소리. 일본말과 조선말이 뒤섞인 소리가 눈발에 섞여 멀리 퍼졌다. 순사들이 절벽 위까지 쫓아왔다. 나는 몸을 일으켜 얼어붙은 발로 땅을 박차고 뛴다. 발을 디딜 때마다 발가락이 떨어져 나가는 통증이 일었다.

한참을 뛰었다. 가도 가도 눈 덮인 언덕뿐이다. 추위에 얼어붙은 발은 아무 감각도 느껴지지 않는다. 한참을 걷자 인가가 보인다. 인가에서 조금 떨어진 곳은 일본인이 세운 공립 보통학교가 있고 멀리 한강리라는 이정표가 보인다. 주변을 둘러봐도 도움받을 만한 곳은 없다. 밤새 산을 헤맨 피투성이 몰골로 인가에 들이닥치면 신고당할지도 모른다.

걸음을 재촉해 남산 동북쪽에 있는 장충단으로 걷는

다. 동대문에서 멀지 않은 그곳을 거쳐 창신동 집까지 갈 수 있지만 집은 이미 형사들에게 포위당했을 것이다. 이대로 동북쪽으로 이동해 태백산 줄기를 따라 올라가 금강산과 백두산을 거쳐 상해로 돌아가 버릴까. 그렇다면 목숨은 부지할 수 있다. 하지만 목숨을 붙드는 순간 모든 걸 잃는다. 목숨을 부지하기 위해 도망가는 것은 암살단 사건으로 충분하다. 살아남기를 바란 것이 언제던가.

다리를 절며 한참을 더 걷는다. 새벽부터 뛰었더니 배가 고프다. 장충단 근처에 이르자 백호정 활터가 보인다. 백호정(白虎亭)이란 글씨가 적힌 바위에는 눈이 쌓여 있다.

백호정을 지나 한참을 걸어 왕십리에 이른 건 해가 완전히 밝은 후였다. 낮은 산길을 따라 걷자 암자가 보였다. 안장사(安藏寺)라는 이름의 절이다. 다리를 끌며 사찰에 들어선다. 사천왕을 지나 본당에 이르자 젊은 스님 하나가 마당에 쌓인 눈을 쓸고 있다. 마당 뒤쪽에서 고소한 밥 냄새가 새어 나온다.

"괜찮으십니까?"

절 안에 들어서자 마당을 쓸던 승려가 내게 물었다. 피투성이가 된 몰골이 말이 아니었다.

"괜찮다마다요. 그동안 안녕하셨습니까? 스님."

"거사님도 내내 평안하셨는지요?"

구면인 듯 능청스레 알은체하자 승려가 받아쳤다.

"덕분에 무탈하게 생활하고 있었습니다. 아침부터 산을 헤맸더니 몰골이 말이 아닙니다. 허헛"

"저쪽에 우물이 있습니다. 씻고 잠깐 쉬었다 가시지요."

스님은 친절하게 법당 뒤편을 가리켰다. 법당 옆 부엌에서 밥 짓는 냄새가 흘러나와 코를 찌른다. 급한 대로 우물에 가서 피 묻은 얼굴과 발을 닦는다. 물이 닿자 살이 터진 발에 피가 흐른다. 피를 본 승려가 무명천을 가져왔다.

"우선 이걸로 지혈하시지요."

"감사합니다. 염치불문하고 부탁 하나 드려도 될까요. 사실 배가 고픕니다. 밥을 좀 얻어먹을 수 없을까요?"

"그렇지 않아도 아침 공양을 준비하고 있었습니다. 기다리시면 차려오겠습니다."

젊은 승려가 호탕하게 웃으며 스님들이 기거하는 방으로 안내했다. 그때 방에서 기침 소리가 들렸다.

"효명아, 이른 시간에 손님이 오셨느냐?"

방안에서 목소리가 들렸다.

"웬 거사님이 산에 갔다가 들르셔서 같이 아침을 먹자고 말씀드렸습니다."

"그러냐? 잠깐 들어오시라 전해라."

노인의 말에 젊은 승려는 내게 안으로 들어가 보라고 했다.

"몰골이 말이 아니어서 그냥 밖에 있겠습니다."

정중히 거절하자 방문이 열리며 나이 지긋한 승려가 밖을 내다봤다. 족히 환갑은 넘어 보이는 승려가 합장하며 나를 물끄러미 쳐다봤다.

"거사님은 저를 기억하시는지요?"

그 말에 나는 노승을 쳐다봤다. 마땅히 떠오르는 사람은 없었다. 전국을 떠돌며 무수한 날을 절에서 묵어왔으니 그럴 만도 했다.

"이제 아버님의 검술을 완전히 익히셨는지요?"

순간 기억 밑바닥에서 늙은 승려를 끄집어낼 수 있었다. 봉황산 부석사의 포봉당이었다. 지옥에서 부처를 만난 느낌일까. 포봉당의 얼굴이 부처처럼 빛나 보였다.

"불가에는 이런 말이 있습니다. 집 앞마당에 집채만한 바위가 있는데 비가 오면 처마 밑으로 흐르는 물방울이 바위의 한 지점에만 떨어진다고 합니다. 그 물방울이 바위를 뚫는 시간을 겁이라고 하여 억겁의 세월이 흐르고 나서도 만난다면 그걸 인연이라 하지요. 거사님과 저는 다시 만날 인연이었나 봅니다."

포봉당이 반가운 얼굴로 말했다.

"주지 스님도 기억하시는군요. 저도 거사님의 얼굴을 막 기억해 냈습니다."

나를 안내한 승려는 몇 해 전 부석사에서 만난 시자승이었다. 그의 옛 얼굴이 조금씩 떠올랐다.

"노스님께선 부석사에서 이곳까지 오셨군요."

"탁발하며 이리저리 떠돌다가 여기까지 왔지요. 발길이 닿으면 또 어디로 가게 될지 알 수 없습니다그려."

포봉당이 웃으며 말했다.

"거사님은 지금도 쫓겨 다니시는군요."

"네?"

"행색을 보고 그리 느꼈습니다."

온화한 표정이었지만 포봉당은 상황을 꿰뚫고 있었다. 그들을 만난 반가움과 불안이 교차했다.

"아니 저……. 사실 도박을 하다가 순사에게 쫓기고 있습니다."

"허헛. 사정은 나중에 듣겠습니다. 식사부터 하시지요."

"아닙니다. 쫓기는 몸이라 여유가 없습니다. 밥이 끓

고 있다면 짓는 밥이라도 좀 주십시오. 그리고 몸을 가릴 승복과 짚신이라도 좋으니 신을 것도 좀 주십시오."

나는 간청했다.

"그렇게 하지요."

포봉당은 효명에게 짓고 있는 밥이라도 가져오라고 했다. 효명은 솥뚜껑을 열어 익어가는 밥을 나무바리 가득 퍼주었다. 솥에서 갓 건져낸 밥에서 김이 올랐다.

"뜨겁습니다. 천천히 드시지요. 아니면 물에 식혀 드리겠습니다."

효명이 뜨거운 밥에 물을 부어 왔다. 설익은 밥을 허겁지겁 집어삼켰다. 바가지에 든 밥이 위를 타고 뱃속에 들어가니 살 것 같았다.

나는 자리에서 일어나 대청마루에 놓인 장삼을 걸치고 짚신을 신었다. 형사들이 들이닥칠지 모른다는 생각에 시간을 지체할 수 없다. 고요한 사찰을 쑥대밭으로 만들어서는 안 된다. 효명이 버선과 겨우살이를 엮어 만든 송낙(승려의 모자)을 주었다. 사람과 마주치더라도 새벽 불공을 드리고 내려가는 것처럼 보일 것이다.

"이제 어디로 가실 겁니까?"

코트 위에 장삼을 껴입었을 때 포봉당이 물었다.

"순사들의 눈을 피해 먼 곳으로 갈 예정입니다. 갈 곳은 잘 모르겠습니다."

포봉당이 고개를 끄덕였다. 그는 애초에 도박으로 쫓긴다는 말을 믿지 않았다.

문득 보성에서 헌병 분소를 습격하던 일과 헌병대 장교의 군도를 막아낸 일을 떠올렸다. 장교의 검을 막을 수 있었던 건 포봉당이 가르쳐준 검술을 반복해 몸이 검술을 기억했기 때문이다. 동대문에서 카즈키의 검을 막아낸 것도 마찬가지다.

"제악막작 중선봉행 자정기의 시제불교(諸惡莫作 衆善奉行 自淨其意 是諸佛教)라고 합니다. 법화경의 말씀이지요. 악행을 버리고 선행을 하여 마음을 맑게 하라는 삼척동자도 다 아는 이 말씀이 불가의 시작이자 모든 것입니다. 하지만 때론 이것은 허망한 말이 되기도 하지요. 선과 악은 종종 모습을 뒤바꿔 인간 세상에 나타나기도 합니다. 모든 것은 거사님의 마음속에 있습니다. 옳다고 믿는 대로 행하십시오. 다만 생명을 사사롭게 여기지 마시길 바랍니다. 타인의 생명만이 아니라 거사님의 생명까지도 말입니다."

포봉당이 합장하며 말했다. 그가 내 마음을 들여다보는 것 같았다. 조금 전 일주문을 지나쳐 절 안으로 들어설 때부터 내 몸에서 뿜어내는 살기를 느꼈는지도 모른다. 다무라와 고등계 형사들을 사살하고 도망친 내게서 그들의 원혼이 보였을까. 오늘 이들을 다시 만난 건 불가에서 말하는 인연인지도 모른다. 어떤 인연의 강이 그들과 나 사이에 흐르는 걸까.

"가다가 혹여 다른 절에 머물게 되면 안장사 주지의 소개로 왔다 하십시오. 아마 도움을 줄 겁니다. 모쪼록 조심하십시오."

포봉당과 효명이 문 앞까지 나와 전송했다. 포봉당과 효명에게 고개 숙여 인사하고 산을 내려왔다. 눈은 이미 그친 지 오래였다. 눈 쌓인 길 위로 햇볕이 내리쬐고 있었다. 아침이 찾아왔다.

안장사를 나와 한참을 걷자 왕십리 거리가 펼쳐졌다. 거리엔 일어와 한자가 섞인 간판이 걸려 있었다. 거리를 지나는 사람들이 장삼에 송낙을 눌러 쓴 내게 합장했다. 얼굴을 가린 채 답례하며 왕십리 외곽을 따라 계속 걸었다. 산속을 헤맨 발에 심한 통증이 느껴졌다. 드문드문 보이는 초가에서 밥 짓는 연기가 피어올랐다. 인가에서는 아침을 먹을 시간이다.

사이토는 오후 세 시에 경성역에서 경부선 열차를 타고 부산으로 간다. 그곳에서 배를 타고 교토 인근 아카

사만에 내려 동경으로 가는 열차로 갈아탄다고 했다. 의열단과 무장 항일 단체를 따돌리려고 오후 늦게 출발한다고 했다. 전우진이 총독부의 조선인 서기에게 들은 말이다. 그들은 살기 위해 총독부에서 일하면서도 때론 독립지사를 돕기도 했다. 하지만 자신에게 위협이 가해질 때면 언제든 땅에 배를 대고 납작 엎드렸다. 그들의 그런 순수함이 가엾다.

경성역 주변은 경계가 더욱 강화되었을 것이다. 새벽부터 산속을 헤매 더는 움직일 수 없을 만큼 피곤했다. 발에 극심한 통증이 느껴진다. 인가 밀집 지역에 이르자 언젠가 이곳에 왔던 기억이 떠올렸다. 한문과 유학을 가르쳐준 이규현 선생이 왕십리로 이사 간 후 인사차 온 적이 있다. 오랫동안 일제의 토지조사에 반대해 온 이규현 선생은 만세 시위로 큰아들 윤이 죽자 식솔을 거느리고 왕십리로 이사했다.

이규현 선생이 살던 마을로 들어섰다. 그때 형사로 보이는 남자가 도리구찌를 쓰고 맞은편에서 걸어왔다. 지척에 서서 합장하자 그도 얼떨결에 손을 모았다. 분위기로 봐선 아직 수색망이 여기까지 펼쳐지지는 않은 것 같았다.

옛 기억을 더듬어 이규현 선생 댁을 찾았다. 선생이

기거하는 고택에 들어서자 마침 선생이 마루에 앉아 있었다.

"상옥이 아닌가? 어서 오게."

송낙을 벗어 얼굴을 보이자 이규현 선생이 버선발로 뛰어나와 방으로 안내했다. 선생이 이끄는 대로 따라 들어갔다.

유학자이자 주역의 대가인 선생의 집은 고서로 가득했다. 방안으로 들어서자마자 큰절을 올렸다. 자리에 앉자 선생이 입을 열었다.

"예전부터 자네는 차분히 학문에 정진하는 것보다 세상으로 뛰어나갈 상이라고 생각했네. 그래서 경서를 차례로 가르치는 것보다 뚫린 곳은 깁고 빈 구석은 채워주는 구전심수(口傳心授)의 교법을 택했네."

선생의 가르침대로 나는 전통 유학과 서양학에서 불교학까지 다양한 학문으로 빈 곳을 채워나갔다. 상해에서는 서양 학문과 더불어 무정부주의와 사회주의 이론에 심취하기도 했다. 프랑스 조계의 도서관은 내게 새로운 세상을 보여주었다.

"황송할 따름입니다."

"며칠 전 주역 괘를 보니 머잖아 누군가 큰일을 안고 이곳에 올 것 같더니 그게 자네로구먼."

선생은 내가 삼남지방에서 활동한 것과 상해로 떠난 일을 알고 있었다. 풍기 지역의 유림에게 추천서를 써 도움을 받게 해준 것도 선생이었다. 간밤에 내게 일어난 사건을 눈치챈 걸까? 종로경찰서에 폭탄을 던진 자가 나라는 것도.

"자네는 득수반지미족기 현애철수장부아(得樹攀枝未足奇 懸崖撒手丈夫兒)를 기억하는가?"

선생이 물었다. 물론 나는 잘 알고 있었다. 가지를 잡고 나무를 오르는 것은 그리 대단한 일이 아니니 벼랑에 매달렸을 때 손을 놓을 줄 아는 이가 가히 대장부로다, 라는 송나라 고승이 지은 시 구절이었다. 언젠가 임시정부에서 만난 김구 선생도 내게 같은 말을 들려주었다. 고사를 들려주는 선생의 뜻은 아무리 좋은 판단력을 가지고 있어도 결단력이 없으면 무의미하다는 가르침이었다.

"기억하고 있습니다."

내 말에 선생이 고개를 끄덕였다.

"자네의 행색을 보고 알았네. 큰 결단을 한 것 같구먼."

마음을 들킨 듯 몸이 움찔했다. 주역의 대가인 선생다운 말이었다. 그때 선생의 막내며느리가 아침상을 들고 들어왔다.

"어서 먹게. 뱃속이 가득 차야 마음도 든든해지는 법이야."

안장사에서 밥을 먹었지만 도망을 다니느라 금세 시장기가 돌던 차였다. 옆방에서 아이 울음소리와 아이를 달래는 여인의 목소리가 들렸다. 이대로 지체하다간 선생의 가족이 화를 입을까 두렵다. 발에 핏기가 맺힌 걸 본 선생은 자초지종을 묻지 않고 며느리를 불러 버선과 신발을 준비하라고 했다. 나는 식사를 마치자마자 고개 숙여 인사하고 신을 신고 선생 댁을 나왔다.

거리로 나서자 왕십리 일대까지 순사가 가득했다. 수색 범위가 이곳까지 확대되었다. 경성역에 가는 건 사지에 뛰어드는 것과 다름없다. 이대로 물러서야 할까? 동지들의 얼굴이 하나하나 머릿속에 떠오른다. 동지들은 무사할까. 새벽 일로 화가 미친 건 아닐까.

거리에 늘어선 순사들이 지나가는 행인을 일일이 검문했다. 이대로 잡히면 모든 게 끝이다.

-싸우다 죽을 곳은 있어도 돌아갈 곳은 없소.

상해를 떠나는 날 김원봉과 한 약속이 뇌리에 떠올랐다. 이대로 물러설 수 없다. 경성역으로 가야 한다. 오늘 반드시 사이토를 처단해야 한다. 클로드니케를 잃어버려 탄환 여섯 발이 장전된 모젤밖에 남지 않았다. 윤회의 죽음과 바꾼 모젤에서 발사한 탄환이 사이토의 심장을 관통하는 장면을 머릿속에 그려본다. 사이토가 마차에서 내리는 순간 동지에게 맡긴 폭탄이 쾅- 하고 굉음과 함께 터질 것이다. 그러면 몰려든 군중은 혼란에 빠지겠지. 탕탕탕- 열차에 오르는 사이토의 심장에 세 발의 탄환이 박힌다. 마차를 끌던 말이 놀라 뛰어오르고 경호하는 형사대는 허둥댄다. 사이토는 곧 피를 토하고 쓰러진다.

쿵! 쓰러진 사이토의 머리가 땅에 부딪히면 모든 게 끝난다. 제아무리 사이토라 해도 총알이 심장을 관통하면 살아남지 못한다. 모젤에 장전된 총알은 전부 여섯 발이다. 세 발이 정확히 그의 심장을 관통한다면, 나머지 세 발은 어떻게 해야 할까. 순간 사이토가 경성역까지 대동할 마루야마를 떠올린다.

마루야마. 그렇다. 마루야마를 저격하자. 사이토의 심장을 꿰뚫고 남은 세 발 중 두 발로 마루야마를 처단한다. 그것으로 간도로 돌아간 나운규의 몫을 대신할 수 있을 것이다. 그러면 나머지 한 발은?

그 순간 나는 마지막 한 발이 내 머리를 관통하는 장면을 상상했다. 사이토를 쓰러뜨리고 남은 총알이 있다면 마지막 한 발로는 세상과 나의 질긴 끈을 잘라줄 것이다.

동대문에 이른 건 그로부터 한 시간 후였다. 동대문 누각은 눈으로 가득했고 눈 녹은 물이 간간이 추녀 아래로 떨어졌다. 거리에 쌓인 눈은 행인들이 밟아 이지러졌다.

동대문 앞은 경성 시내로 향하는 사람들로 가득했다. 문 앞을 지키는 대여섯 명의 순사들이 지나가는 사람의 행장을 일일이 뒤졌다.

"행님, 이게 웬 줄이래요?"

"글쎄, 사이토 총독이 동경에서 열리는 신년의회에 참가하러 가는 것 때문에 검문을 한다는구먼."

동대문에서 멀지 않은 곳에 물건을 팔러 상경한 사내들이 모여 이야기하고 있었다.

"아따 댁들도 깜깜하구먼. 새벽에 종로경찰서에 폭탄을 던진 독립군을 검거하려다가 형사들이 된통 맞아 죽었지 않소. 그것 땜시 저러는 거시여."

"정말이요? 그럼 폭탄을 던진 자는 어찌 되었소?"

"그자는 맨발로 남산으로 도망갔다고 하던디."

"어쨌든 대단한 일을 했구먼."

사내의 말대로라면 후암동 총격전은 이미 온 경성에 퍼져 있었다. 이대로 검문에 응한다면 금세 정체가 탄로난다. 가사 안에 겹쳐 입은 외투 속 육혈포의 감촉이 느껴진다. 동대문을 통과하지 못하면 경성역에 갈 수 없

경성의 봄 1923

다. 사이토를 처단하는 계획은 물거품이 되는 걸까.

기회를 엿보는 동안 검문을 기다리는 사람이 늘어났다. 사람들에게 떠밀려 자꾸만 앞으로 향했다. 거리에 가득한 사람들 사이를 쉽게 빠져나갈 수 없었다. 그때 한 노인이 수레를 몰고 오는 게 보였다. 황소가 끄는 수레에는 승려들이 쓰는 나무 바리때가 가득 실려 있었다. 노인은 워워- 하며 고삐를 붙잡고 소를 몰았다.

"이보시오, 노인장. 왕십리에 있는 안장사라는 절을 아시오?"

수레 모는 노인에게 넉살 좋게 물었다.

"알다마다요. 바리때를 싣고 몇 번 가본 적이 있지요."

"허헛, 오늘은 인연이 엮이는 날이구먼. 안장사 주지 포봉당을 만나고 오는 길이오."

나는 딴전을 피며 말했다.

"그렇군요. 스님은 어디로 가는 길이오?"

노인이 되물었다.

"경성역에 갑니다."

"경성역은 왜요? 오늘 총독의 행차가 있어 출입을 막았을 텐데."

노인이 고개를 갸우뚱하며 물었다. 나는 말없이 수레 옆으로 몸을 바짝 붙였다.

"말씀을 안 하시는 걸 보니 어디 좋은 데라도 가나 보죠? 허헛."

노인이 너스레를 떨었다.

"하하, 불제자에게 좋은 곳은 극락인가요?"

노인의 농담에 넉살 좋게 응수했지만 온 신경이 주변에 널린 순사에게로 쏠려 있었다.

"전 남대문 장터에 나무 바리때를 납품하러 갑니다. 가난한 중생들도 나무 바리때는 필요하죠."

노인은 심심했는지 여러 말을 늘어놓았다. 말을 주고받는 사이에 수레는 눈이 녹아 질퍽질퍽한 거리를 지나 문 안으로 들어섰다. 머리에 쓴 송낙을 더욱 눌러 얼굴을 가렸다. 검문 중인 순사는 바리때를 싣고 가는 승려라고 생각했는지 수레를 그냥 통과시켰다. 문 안으로 들어서자 안도감이 들었다.

"거기, 기다리시오."

등 뒤에서 부르는 소리가 들렸다. 등에서 식은땀이 흘렀다.

"왜 이 수레는 검문하지 않았나?"

"절에서 나온 수레인 것 같아 그냥 통과시켰습니다."

상급자인 남자가 일본말로 다그치자 검문 중인 순사가 사색이 되어 대답했다. 송낙을 들어 올려 형사를 본 순간 얼어붙었다. 그는 카즈키였다. 게다가 카즈키를 제압하고 장검을 뺏은 곳에서 불과 100여 걸음밖에 떨어지지 않은 곳이었다. 이대로 정체가 탄로 나면 이 자리에서 카즈키를 쏘는 수밖에 없다. 그러면 사이토를 처단하는 일은 물거품이 되고 만다.

"수상하면 확인하면 되지 않겠소? 자, 어서 수레를 조사해 보시오."

노인이 넉살 좋게 말했다. 카즈키가 턱짓하자 옆에 있던 순사가 수레를 뒤지기 시작했다. 한동안 수레를 뒤지던 순사는 특별한 것이 없는지 풀어놓은 새끼줄을 다시 묶었다.

"거기, 스님. 머리에 쓴 송낙을 올려 보시오. 얼굴을 확인해야겠소."

순사의 말에 나는 송낙 귀퉁이를 살짝 들어 올렸다.

"스님, 얼굴 좀 자세히 봅시다. 이래서 검문이 되겠소?"

순사가 다시 말했다.

"우리 조선 사람이 천황의 신민이라면 뭐하러 탁발하고 돌아가는 승려의 몸까지 수색하려 하십니까? 나무아미타불"

나는 합장하며 말했다. 나를 보는 카즈키의 시선이 느

껴졌다.

"됐다, 보내 줘라."

카즈키의 말에 순사는 수색을 그만두고 별일 없다는
듯 돌아갔다.

"거 참! 별놈들 다보겠군."

노인이 투덜대며 다시 수레를 몰았다. 워워- 노인은
황소를 재촉하며 경성 시내로 들어섰다. 수레는 삐걱대
며 거리를 가로질렀다. 고삐를 잡고 움직일 때마다 소의
턱 아래 매달린 워낭만이 청아하게 울려 퍼졌다.

수레에 붙어 한참을 걷자 효제동 부근에 이르렀다. 경
성역에 가까워질수록 거리에 순사가 급격히 늘어났다.

"노인장, 고맙소이다. 이쯤에서 그만 헤어져야겠습니
다."

"살펴 가십시오, 스님"

수레 모는 노인에게 합장했다. 노인도 고삐를 잡은 채
인사했다. 나는 그 길로 효제동 혜수의 집으로 향했다.
종로에서 멀지 않은 혜수의 집이라면 흩어진 동지들과
연락을 취할 수 있다.

혜수의 집은 연지동 못에서 멀지 않은 효제동 채소밭
사이에 있었다. 밭 한가운데 있는 여섯 채 중 하나가 혜

수의 집이다. 멀리서 본 마을은 새하얀 눈으로 뒤덮인
밭 중앙에 섬처럼 집이 놓인 형상이다. 집은 세 채씩 두
줄로 지어져 있다. 주변이 논밭뿐인 외지라 경찰의 감시
에서 비교적 자유로웠다.

채소밭을 지나 혜수의 집에 도착했다. 대문을 열고 들
어서자 대청마루에 혜수와 어머니가 앉아 바느질을 하
고 있었다. 눈 녹은 물이 처마를 타고 떨어져 내렸다.

"어머, 선생님."

혜수가 버선발로 나왔다. 승려 복장에다 지친 기색이
역력한 몰골에 놀란 듯했다. 노모는 오래전 동지들과 비
밀회합을 하러 모인 적이 있어 나를 기억했다. 혜수가
사랑방으로 데려갔다.

"이 행색은 뭔가요? 다리에 피가 맺혔잖아요."

"급히 몸을 의탁하러 왔소. 동지들에게선 아무 소식
없었소?"

"없었어요. 거사는 오늘 오후 아닌가요?"

"맞소. 그 일로 어제 새벽 형사들의 기습을 받고 쫓기
고 있소."

"기습이라고요?"

혜수가 놀라 되물었다. 아직 효제동까지 소문이 미치
지 못했다.

"종로경찰서 형사 십여 명이 후암동 집으로 쳐들어왔소. 육혈포로 그들을 쓰러뜨리고 도망쳐 나온 거요."

"형사들이 어떻게 그곳까지 쳐들어갔나요?"

"종로경찰서 폭파사건 때문인 것 같소. 미와가 그 사건의 용의자 중 하나로 나를 지목했다고 들었소."

"그, 그랬군요."

새벽부터 형사에게 쫓겨 눈 덮인 남산을 헤맨 일을 말했다. 혜수는 말없이 이야기를 들었다.

"오늘 오후 사이토가 경성역을 떠나기 전 처단할 거요."

"지금 밖은 온통 순사들로 가득해요. 경성역에는 더 많을 거예요."

"각오하고 있소. 하지만 가야 하오."

그때 밖에서 노모가 혜수를 불렀다. 혜수는 밖으로 나가 노모와 이야기를 나누고 돌아왔다.

"어머니를 안심시켰어요. 무슨 일이냐고 물으셔서요."

"괜한 폐를 끼치게 되었군."

"그런 말씀 마세요. 경성역으로 꼭 가시겠다면 제가 밖의 상황을 살펴보겠어요."

"부탁하겠소."

혜수는 여장을 꾸리고 밖으로 나갔다. 나는 사랑방에

숨어 동상 걸린 발가락을 살폈다. 발에 감각이 없다. 붕대로 언 발가락을 감싸고 주무르자 조금씩 감각이 돌아오며 극심한 고통이 뒤따랐다. 발을 감싸 쥐고 멍석 깔린 방에 눕는다. 몸을 눕히자마자 잠이 몰려왔다. 의식을 부여잡은 채 자다 깨기를 반복했다. 한 시간 정도 시간이 지나 혜수가 방으로 들어왔다.

"남대문 성학사 사무실에 갔다 왔어요. 경성역 일대는 온통 순사로 가득해요."

"동지들은 무사하오?"

"아직 큰일은 없는 것 같지만 순사들이 사무실을 살펴보고 갔대요."

혜수의 말대로라면 이미 대순의 사무실까지 수사가 확대되었다.

"우리 가족은 어떻게 되었소. 아기네와 창신동 집은?"

내 말에 혜수의 얼굴이 어두워졌다. 혜수는 뜸을 들이다 입을 열었다.

"가족들이 모두 잡혀갔어요. 새벽 일로 경기도 경찰부에 수사본부를 설치하고 관련된 사람을 모조리 잡아들이고 있다고 해요. 수사에 동원된 경찰만 수백 명이래요. 아침부터 남산을 이 잡듯 포위했나 봐요."

사건은 생각보다 컸다. 다무라와 대여섯 명의 형사가

총에 맞았으니 그럴 만도 했다. 가족이 잡혀갔다는 말에 가슴 속에 분기가 차올랐다.

"고등계 형사들이 선생님을 잡으려고 안달이 났어요."

혜수는 걱정하면서도 상황을 담담하게 받아들이려고 애썼다.

"참, 대순 씨가 전해달라고 했어요. 사이토는 안홍한과 윤익중이 처단할 테니 몸을 피해 있으라고요. 우선 여기서 동상 걸린 발부터 치료해야 해요."

"아니, 그럴 수 없소. 사이토가 떠나기 전에 그를 처단해야 하오."

나는 절뚝거리며 일어섰다. 쉬는 동안 긴장이 풀렸는지 몸이 말을 듣지 않았다. 비틀대며 일어나 승려 옷을 주워 입고 문을 나섰다. 혜수는 그런 나를 말리지 못했다. 문밖을 나오자 한기가 밀려왔다. 밭 한가운데 자리 잡은 마을은 간밤에 내린 눈이 하얗게 쌓여 있었다.

효제동을 나와 경성역 쪽으로 걸었다. 눈이 녹기 시작한 거리 곳곳에 깔린 순사들이 행인을 수색하고 있었다. 사이토의 행적이 노출되는 날 사건이 터질 가능성이 크다는 걸 경무국에선 잘 알고 있다.

조선은행이 있는 남대문 가까이 이르자 검문은 더욱 삼엄했다.

"이 길은 지금 막혔으니 저쪽 길로 가시오."

경성역으로 이어진 길을 막아서며 순사가 소리쳤다. 길이 막혀 사람들은 경성역으로 가지 못했다. 남대문에서부터 경성역 앞 큰길까지 사람으로 가득했다.

"좀 지나갑시다. 앞길을 그렇게 막고 있으면 어떡합니까?"

사방에서 아우성이 들렸다. 밀고 밀리는 아수라장이었다.

"너, 학생 맞아? 학생증 줘봐."

길을 막아선 순사가 학생모를 쓴 청년에게 소리쳤다. 순사의 서슬 퍼런 표정에 청년은 어쩔 수 없이 학생증을 내밀었다.

"경성고등중학교라……. 이곳은 서대문로에 있는데 왜 이쪽 길로 가나?"

"집에 돌아가는 길이에요. 뭐 문제 있어요?"

"오늘은 경성역이 번잡하니 저쪽 길로 가라."

청년의 아래위를 훑어본 순사는 학생증을 돌려주며 경성역을 우회하는 길을 가리켰다. 청년은 화가 났는지 말없이 순사가 가리킨 쪽으로 향했다. 나는 청년이 향한 곳으로 발길을 돌렸다. 우회도로를 따라 남대문 옆 남산으로 오르는 야트막한 언덕에 올라 경성역을 내려봤다.

경성역에 이르는 길은 순사가 포진해 있어 표 없이는 근처에도 갈 수 없었다. 다행히 우진이 구해준 열차표가 있지만 잘못하면 신분이 노출될지도 모른다.

경성역은 겹겹이 에워싼 병력으로 철옹성 같았다. 회중시계를 꺼내 시간을 확인한다. 오후 두 시 십 분. 사이토가 경성역을 떠나는 시간은 세 시다. 지금쯤 사이토는 총독부 관저를 나설 준비를 마쳤을 것이다. 순사대가 역에 집결된 것으로 봐서 그는 아직 경성을 떠나지 않았다.

윤익중과 안홍한은 저 군중 사이에 있을 것이다. 전우진, 박노영, 정설교를 비롯해 거사를 함께 하기로 한 동지들도 육혈포와 폭탄을 지닌 채 대기하고 있다. 윤익중과 안홍한이 총독부에서 경성역에 이르는 길을 사수할 것이다. 첫 번째 저격 장소인 조선은행 건물에서 안홍한이 저격에 성공하면 군중 사이에 스며든 동지들이 사이토와 총독부 관료들을 공격할 것이다. 안홍한이 사이토를 저격하면 정설교와 박노영은 총독부와 경성역 사이에 밀집한 관공서에 폭탄을 던지기로 했다. 좀 더 많은 폭탄을 구하지 못해 아쉽다. 저격에 실패하면 두 번째 저격 장소인 경성역 마차정거장을 노려야 한다. 그것은 온전히 나의 몫이다.

나는 언덕을 내려와 다시 경성역으로 갔다. 달리 방법

이 없었다. 경성역은 발 디딜 틈 없이 사람으로 가득 찼다. 역으로 가는 길을 차단당한 인파가 남대문 뒷길로 몰려든다. 모두 남산을 우회해 후암동이나 한강통으로 가는 사람들이다.

"새벽에 후암동에서 종로경찰서 폭탄 투척 혐의자와 한바탕 교전이 있었다더군."

"범인이 남산으로 도망갔다지? 듣자하니 의열단이라던데."

"나도 들었어. 김원봉이 보낸 자인데 축지법을 써서 눈 위에 발자국도 남기지 않고 산을 넘는다더군."

"축지법을 쓴다고? 재미있군."

사람들의 대화가 들렸다. 종로경찰서의 미와가 사냥개를 데리고 남산까지 쫓아갔지만 범인을 놓쳤다고 했다. 채석장 위에서 들려온 개 짖는 소리가 그들이 말한 사냥개일 것이다.

역에서 백 보 정도 떨어진 곳에 이르렀다. 순사들이 길을 막아 더는 접근할 수 없다. 역은 기차를 타려는 사람으로 붐볐지만 순사들이 친 장벽에 막혀 어쩔 수 없었다. 순사들은 표를 지닌 자를 선별해 역 안으로 들여보냈다. 주머니에서 대순에게 받은 기차표를 꺼냈다. 표를 보여 주면 안으로 들어갈 수 있지만, 정체가 탄로 나면 이대로 끝이다. 역 깊은 곳까지 들어가 주변을 에워싼 순사의 표정을 살핀다. 검문을 강화한다 해도 표를 가진 승객을 어쩌지 못할 것이다. 줄을 서 있다가 차례가 되자 검문 순사에게 표를 내밀었다. 등에 식은땀이 흐른다. 표를 받아 든 순사는 별 말없이 통과시켰다. 몰려오는 인파 덕에 세세히 검문하지 않았다. 검문을 통과해 역 가까이 다가간다. 역 뒤쪽 마차정거장으로 이어진 귀빈용 출구가 보인다. 어제 점검해둔 마차정거장에서 30보 떨어진 저격 장소는 순사들로 가득했다. 정거장을 둘러싼 순사대 사이에서 사이토를 저격하기에는 위험부담이 크다. 이대로라면 사이토에게 가까이 다가갈 수 없다. 새벽의 습격은 모든 것을 망쳤다. 미와는 내가 다시 경성역을 찾을 것에 대비해 지시를 내렸을 것이다. 이대로라면 최악의 상황을 생각해야 한다.

"거기 스님. 이쪽으로 잠깐 와보시오."

마차정거장 가까이에 이르자 등 뒤에서 누가 나를 불렀다. 순간 몸이 얼어붙었다.

"스님, 내 말이 안 들리오?"

순사가 다그치자 송낙을 눌러쓰고 다가갔다.

"열차를 타러 가는 거요? 국민증을 보여주시오."

새벽에 급습한 형사를 피해 도망 가느라 위조해둔 국

민증을 미처 챙기지 못했다.

"떠돌이 행자라 국민증이 없소. 나무아미타불."

"국민증이 없어? 일단 송낙을 벗어 보시오."

순사의 말에 어쩔 수 없이 송낙을 벗었다. 그는 내 얼굴을 찬찬히 훑었지만 나를 알아보지는 못했다.

"거기, 이자의 몸을 수색해봐."

내 얼굴을 살피던 순사가 옆에 있던 신임 순사에게 지시했다. 행장을 뒤지면 품속 육혈포가 탄로 나는 건 시간문제다. 이내 순사들이 등에 짊어진 바랑을 풀어헤치고 몸을 수색하기 시작했다. 어떻게 해야 하나. 발각되기 전 그들을 쏘아야 할까.

"관두게. 스님의 신분은 내가 보증하지."

귀에 익은 누군가의 목소리가 들렸다. 뜻밖에도 황옥이다. 황옥은 제복 차림으로 경성역을 에워싼 순사대를 관리하고 있었다.

"방해해서 미안하네. 이분은 내가 아는 스님이야."

황옥이 순사를 보며 말했다.

"됐어, 그만 일봐."

검문을 지시한 순사가 손사래를 치며 놔 주라고 했다.

"스님 이게 얼마 만입니까? 경성에는 언제 올라오신 건가요?"

황옥은 친한 사람을 대하듯 내 손을 잡아끌며 인파 속에서 데리고 나왔다. 말없이 그를 따라갔다.

"죽으려고 환장했나? 새벽의 일로 사방에서 자네 목을 노리고 있어."

인파에서 멀어지자 황옥이 정색하며 말했다. 조금 전과 다른 표정이다.

"당신이 신경 쓸 일이 아니오! 나는 사이토를 처단하고 죽겠다고 다짐했소."

"바보 같은 소리! 죽으려면 목숨을 아꼈다가 원수를 하나라도 더 죽이고 죽어! 개죽음당하지 말고!"

그 말과 함께 황옥은 인파 사이로 사라졌다. 멍해진 나는 인파를 밀치고 역을 빠져나왔다. 그 말대로 경성역에서 사이토를 처단하는 건 애초에 불가능한 걸까.

남대문을 지나 조선은행 쪽으로 향했다. 조선은행 앞에서 사이토를 기다리는 것 외에 달리 방법이 없다. 조선은행에 이르자 그곳 또한 사람들로 북적댔다. 은행 앞 신작로 양옆으로 눈이 쌓여 있었다. 시계를 꺼내 시간을 확인한다. 회중시계는 오후 세 시를 십오 분 남기고 있다. 곧 사이토가 이곳을 지날 것이다. 조선은행 앞으로 사열한 순사대가 보인다. 경성역 만큼은 아니지만 조선은행 또한 인파로 북적였다. 눈 녹은 전신주 사이로 비둘기 떼가 날아오르고 멀리서 전차가 종을 울리며 길 저편에서 들어선다. 윤익중과 안홍한을 비롯한 동지들은 군중 사이에 섞여 사이토를 기다리고 있을 것이다.

가로수 뒤에 서서 시간을 확인한다. 이것이 마지막이다. 윤회가 준 회중시계를 주먹으로 쥐고 장삼 안 코트 깊숙한 곳에 넣는다.

오 분이 더 지났다. 조선은행 건물 쪽에서 한 대의 마차가 나타났다. 화려하지는 않지만 행렬의 규모로 봐서 사이토를 태운 마차가 분명하다. 커튼으로 가려져 안에 탄 사람을 확인할 수 없지만 말을 탄 순사대가 마차를 앞뒤로 호위했다. 마차는 조선은행을 이백 보 앞두고 다가온다. 장삼에 숨겨둔 모젤을 움켜쥐고 어딘가 있을 안홍한이 사이토를 저격하길 기다린다. 그가 실패하면 다음은 내 차례다.

그때 선두 마차를 뒤로 두 대의 마차가 뒤따르는 게 보였다. 화려하지도 모자라지도 않은 똑같은 모양의 마차. 이게 어떻게 된 걸까. 진짜 마차는 어느 것이란 말인가.

마차 행렬은 조선은행 거의 가까이 다가왔다. 숨을 죽이고 안홍한이 움직이기를 기다린다. 하지만 총소리는 들리지 않았다. 어떻게 된 걸까. 마차는 이내 내 앞으로 왔다. 마차와 나의 거리는 불과 삼십여 보밖에 떨어져 있지 않았다. 좀 더 기다려야 할까? 총을 꺼내려고 코트에 손을 넣었을 때 사람들에게 밀려 길 뒤편으로 밀려났다. 이대로는 총을 쏠 수 없다.

정신을 차렸을 때는 두 대의 마차가 시야에서 멀어진 후였다. 어느 것이 사이토를 태운 마차인지 가늠할 수 없었다. 또 다른 마차 한 대가 내 앞을 지나치는 게 보였다. 세 번째 마차다. 이것이 마지막인가? 마차가 오는 방향으로 몸을 돌려 품안의 모젤을 꺼내려는 찰나였다. 세 번째 마차가 조선은행의 아치형 창문 옆을 지나자 둥근 물체가 허공을 날아오는 게 보였다. 물체는 이내 마차가 달리는 길 앞에 떨어졌다.

-폭탄이다!

누군가 고함을 질렀다. 고함은 조선은행 거리 전체에 울려 퍼졌다. 몰려든 군중이 동요하기 시작했다. 누굴까? 정설교? 아니면 박노영? 소요 사태가 벌어진 거리는 넘어지고 움츠린 사람들로 가득했다. 고개를 숙여 폭탄이 터지기를 기다린다.

잠깐의 침묵, 하지만 폭탄은 팍하고 단발의 불꽃을 뱉어내며 불발로 끝났다. 수초가 흐르는 동안 거리는 침묵에 휩싸였다.

탕- 탕- 순간 마차가 지나간 길목에서 몇 발의 총성이 허공을 갈랐다.

　우왕좌왕하는 사람들과 현장을 에워싸는 순사대를 보며 나는 송낙을 눌러 쓰고 현장을 벗어났다. 뒤이어 무의미한 총성이 몇 번 더 허공에 울려 퍼졌다.

　나는 효제동 쪽으로 걷기 시작했다. 세 대의 마차는 유유히 조선은행 앞을 지나쳐 경성역을 향해 달렸다. 세상은 이전과 다를 바 없이 평온했고 한 무리의 군중만이 조금 전의 소요 사태에 놀라 도로에 주저앉았다. 이내 몰려든 순사대가 얼어붙은 논에서 땅개를 솎아내듯 사람들을 포승줄로 묶어 연행했다. 그들은 마차가 지나간 자리에 있던 시민에 불과했다.

흩어진 자들
(2일 전)

채소밭 한가운데에 자리 잡은 혜수의 집은 칠흑 같은 어둠에 뒤덮여 있었다.

경성을 헤매다 자정이 넘어 효제동 혜수의 집으로 몸을 피했다. 만신창이가 된 몸으로 돌아온 나를 본 혜수가 급히 사랑방으로 데려갔다.

"바람 소리가 심상치 않아요."

밖을 살피고 돌아온 혜수가 말했다. 눈발을 머금은 바람이 창문에 부딪혀 퉁퉁 소리를 냈다. 어두운 방에는 호롱불이 켜져 있다. 호롱불은 커다란 그림자를 만들며 타들어갔다. 불은 무거운 침묵 가운데 위로 곧게 뻗었다.

"불을 꺼 주겠소? 불빛이 거슬려 마음이 어지럽소."

혜수가 호롱불을 껐다. 불 꺼진 깜깜한 방은 오래된 책 냄새가 배여 있다. 곰팡내와 책 냄새가 뒤섞인 방에는 침묵만이 흘렀다. 울분이 치솟아 오른다. 오랫동안 계획했던 일이 수포로 돌아갔다. 폭탄은 터지지 않았고 사이토를 태운 마차는 유유히 현장을 빠져나갔다. 한 발의 총성에 이어 울려 퍼진 대여섯 발의 총소리는 사이토를 노린 걸까? 하지만 사이토가 총상을 입었다는 말은 없었다. 효제동으로 어떻게 돌아왔는지 기억나지 않는다. 늦은 밤 이곳으로 돌아왔을 때 만신창이가 된 몰골을 본 혜수가 비명을 질렀던 것만 기억할 뿐이다.

"동상은 어떤가요?"

혜수가 입을 열었다.

"괜찮소."

혜수는 밖으로 나가 대야에 미지근한 물을 담아왔다. 물에 발을 담가 피부 속에 얼어붙은 얼음을 빼고 동상 걸린 발을 붕대로 감쌌다. 발가락 일부가 검게 변해 있었다.

"내일 약을 구해 올게요. 총독부병원 간호부에 있는 친구에게 말해두었어요."

"고맙소."

"이곳은 안전할 거예요. 몸부터 회복하세요."

말을 마친 혜수는 밖으로 나갔다. 호롱불에 빛이 반사돼 밖으로 나가는 혜수의 실루엣을 만들었다.

자리에 누워 잠을 청하지만 머릿속이 복잡해 한참을 뒤척였다. 인가가 없는 효제동의 밤은 칠흑같이 어두웠고 하늘에는 달조차 뜨지 않았다. 통증 탓에 밤새 잠을 이룰 수 없었다. 가족과 동지들은 어떻게 된 걸까. 날이 밝으면 그들의 행방을 알 수 있을까.

나는 서서히 잠에 빠져들었다. 그리고 꿈을 꾸었다. 순사들이 사열해 있었고 소총수 앞으로 눈을 가린 자들이 말뚝에 매달려 사형을 기다리고 있다. 총소리와 함께 한 무리의 사람들이 총에 맞아 쓰러졌다. 곧이어 또 다른 사람들이 끌려나왔다. 고봉근과 아기였다. 뒤이어 어머니와 동생 춘원, 그리고 동지들이 보였다. 하늘은 잿빛 안개로 가득했고 그 아래에 가족과 동지들을 묶은 나무 기둥이 놓였다. 그들은 고개를 늘어뜨린 채 말이 없다.

안개 사이로 소총수들이 나무 기둥에 묶인 동지들을 겨누며 자세를 잡는다.

-사격 준비

말 탄 순사가 외쳤다. 나는 고함을 지르며 동료를 향해 뛰었다. 양손에 모젤과 클로드니케가 들려 있었다. 그때 누군가 팔을 벌려 뛰어가는 나를 막는다. 윤회다.

"안 돼요. 가지 말아요."

"비켜, 비키란 말이야!"

윤회가 온몸으로 나를 막아서서 고개를 가로젓는다.

탕탕탕탕탕탕-

총소리가 들렸다. 총알은 묶여 있는 고봉근과 아기의 심장을 꿰뚫었다. 총알이 심장을 관통하자 검붉은 핏줄기가 사방으로 튄다. 고봉근과 아기의 주검이 초점을 잃은 채 고개를 떨어뜨린다. 비명을 지르며 잠에서 깼다.

"밤새 신음하셨어요. 발은 어때요?"

놀라 달려온 혜수가 물었다.

"동상에 걸린 발이 떨어져 나갈 것 같소."

"상태가 심각해요. 이대로 돌아다니는 건 무리에요."

동상 걸린 발을 살피던 혜수가 놀란 표정으로 말했다. 발바닥과 뒤꿈치를 제외하고는 온통 검게 변해버렸다. 발목에는 수포까지 생겨났다.

"설마 무슨 일이 생기기야 하겠소?"

애써 고통을 숨기며 밝은 표정을 지어보였다.

"조금만 기다려 주세요. 바로 약을 구해 올게요."

"고맙소."

"참, 나쁜 꿈을 꾸었나 봐요? 밤새 가족과 동지의 이름을 부르셨어요."

혜수의 말에 조금 전 꿈이 떠올랐다. 무의식 가운데 가족과 동지들이 떠다녔다. 취조실에 불려가 혹독한 고문을 받을 걸 생각하면 가슴이 미어진다. 윤회도 그렇게 끌려가 미와의 고문 후유증으로 죽었다.

"밤새 윤회를 불렀어요. 꿈에 윤회를 봤나요?"

혜수의 말에 아무 대답할 수 없었다. 꿈에서 윤회는 울며 나를 붙들었다.

ー이번에 가면 목숨이 위태로우니 가지 마셔요.

상해를 떠나던 날 꿈속에 나타난 윤회의 말이 조금씩 현실이 되어간다. 윤회는 이제 살아 있는 사람보다 더 실제적으로 다가온다. 오히려 현실의 모든 것이 꿈처럼 느껴진다. 언제부턴가 나는 살아 있으나 살아 있지 않은 것 같았다.

혜수가 가져온 아침을 먹었다. 밥상을 물리며 혜수에게 말했다.

"두 가지 부탁이 있소."

"어떤 부탁인가요?"

"전우진이 무사하면 탄환이 든 궤짝을 가지고 와달라고 말해 주시오."

"그렇게 하겠어요. 나머지 하나는요?"

"남산을 헤매다 총을 잃어버렸소. 절벽과 맞닿은 서빙고 채석장 아래에 떨어졌소."

총이 떨어졌을 거라 예상한 지점을 자세히 알려주었다. 채석장으로 떨어질 때 잃어버린 거라면 채석장 어딘가에 있겠지만 눈으로 뒤덮여 찾기 쉽지 않을 것이다.

"알겠어요. 전우진을 만난 다음 서빙고 채석장에 갔다 올게요."

혜수는 급히 밖으로 나갔다.

오전 내내 눈발이 날렸다. 밖은 고요했고 수확이 끝난 채소밭에 간간이 뛰어노는 아이들 소리가 들렸다. 혜수의 여동생이 가져다준 신문에는 사이토가 동경으로 떠났다는 말만 실려 있었다. 조선은행 앞에서 누군가 사이토를 태운 마차에 폭탄을 던졌다는 기사는 없었다. 이번에도 보도통제가 내려진 것이다.

오후에 혜수가 총독부병원 간호부에 근무하는 고정순을 데리고 왔다. 고정순은 윤회와 같이 암살단 활동을 지원할 때부터 안면이 있었다. 그녀는 긴 치마에 레이스가 달린 블라우스를 입었고 얼굴에 주근깨가 많았다.

"이 발로 돌아다녔다는 말인가요?"

고정순은 놀란 입을 다물지 못했다. 그녀는 수술용 메스로 썩은 피부를 벗겨 내고 약을 발랐다. 외상을 입은 사람에게 사용하는 약제였다. 그녀는 그 약으로 독립군이 던진 폭탄이나 총기에 상처 입은 순사들을 치료해 왔다. 그 약이 돌고 돌아 이젠 나를 치료한다.

"혹시 어제 경성역 폭탄 사건으로 입원한 자는 없었소?"

"대여섯 명의 일본인이 총상을 입고 입원하는 걸 봤어요. 평소 한두 명에 비해 많았어요."

대여섯 명이라면 어제의 총격전으로 다친 사람이다.

"다친 자들이 누군지 알 수 있겠소?"

"모르겠어요. 필요하다면 차트를 보고 알려 드릴게요."

치료를 마친 고정순은 동상에 바르는 연고와 거즈, 붕대 등을 놓고 돌아갔다. 그녀를 대문까지 배웅한 혜수가 방으로 들어왔다.

"우진 씨에게 일러준 대로 전했어요. 곧 온다고 하더군요."

"고맙소."

"그리고 이거."

혜수가 저고리 안에서 천에 감싼 뭔가를 꺼냈다.

"육혈포에요. 말씀하신 곳을 한참 뒤졌더니 있더군요."

"고맙소. 덕분에 육혈포를 찾았소."

어떤 말로도 기쁨을 표현할 수 없었다. 신익희의 목숨이 담긴 클로드니케였다. 윤회의 핏값이나 다름없는 모젤과 신익희가 목숨과 바꿔 내게 준 클로드니케가 모두 돌아왔다.

그날 밤늦게 혜수의 집 앞에서 자전거 경적이 울렸다. 경적은 효제동 밭 사이를 가로지르며 한적한 동네 곳곳에 울려 퍼졌다. 곧 대문 여는 소리가 들리며 누군가 집으로 들어왔다. 전우진이다.

"무사해서 다행이야. 후암동 습격 소식을 듣고 깜짝 놀랐네."

전우진은 나를 보자 얼싸안았다. 그는 자전거 뒷자리에 싣고 온 탄환이 든 궤짝을 꺼냈다. 궤짝에는 여분의 탄환과 권총 한 자루가 들어 있었다. 윤회의 모젤과 비슷한 독일 마우저 C96의 중국 카피 버전이다.

"거사 전날 새벽에 형사들에게 습격당했다는 말을 듣고 자네 대신 사이토를 처단하기로 했네. 하지만 정설교와 박노영이 던진 폭탄은 불발이었어. 안홍한이 쏜 총이 마차에 맞았지만 사이토는 다치지 않은 것 같아."

폭탄은 제대로 터지지 않았고 사이토가 탄 것처럼 위장한 마차는 유유히 조선은행을 빠져나갔다. 안홍한이 쏜 총에 맞았다 해도 사이토일 가능성은 낮다. 폭탄 공격에 사이토는 마차정거장을 거치지 않고 바로 플랫폼으로 이동했다. 그렇게 사이토를 태운 열차는 부산으로 출발했다. 경성역 근처에서 기다린 익중은 아무것도 해보지 못하고 사이토를 보냈다. 폭탄이 제대로 터졌다면 사이토를 처단할 수 있었을까? 아니 김원봉이 보낸 폭탄이 상해로 돌아가지 않았다면, 황옥이 준 조악한 불발탄이 아닌 마자르가 제조한 폭탄이었다면.

"안홍한과 윤익중은 어떻게 되었나?"

"안홍한은 거사 즉시 신의주행 화물차에 몸을 실었고 익중은 아직 경성에 있어. 정설교와 박노영도 잠잠해지면 연락하기로 했네."

"다치지 않았나?"

"인파에 묻혀 겨우 몸을 피할 수 있었어."

"다행이군."

천정을 보며 안도의 숨을 내쉬었다. 동지들이 무사해서 다행이다.

"사이토가 떠났으니 사전 검열로 잡혀간 자들도 조만간 풀려나겠군."

얼마 전 잡혀간 김한 또한 곧 풀려날까. 그가 밀정이 아니라도 김원봉의 폭탄 운반책 역할을 한 사실이 들통나면 처벌받을 것이다. 임시정부 법무장관을 맡으며 독립운동에 투신한 김한이었다. 그가 순수한 마르크스주의자이자 독립투사임을 믿고 싶었다. 나는 마음속으로 김한의 안녕을 빌었다.

"형사들이 자네를 찾으려고 남산에서 왕십리까지 추

적하고 있어. 조심해야 해."

　우진은 내 안위를 걱정하며 탄환이 든 궤짝을 놓고 돌아갔다. 돌아서는 우진의 뒷모습이 쓸쓸하게 느껴졌다. 동지들은 하나둘 그렇게 쓸쓸한 뒷모습만을 남기고 사라져 갔다. 왠지 모를 불안감이 나를 에워쌌다. 나는 우편배달 자전거에 의지해 깜깜한 효제동을 가로질러 돌아가는 우진을 오랫동안 바라봤다.

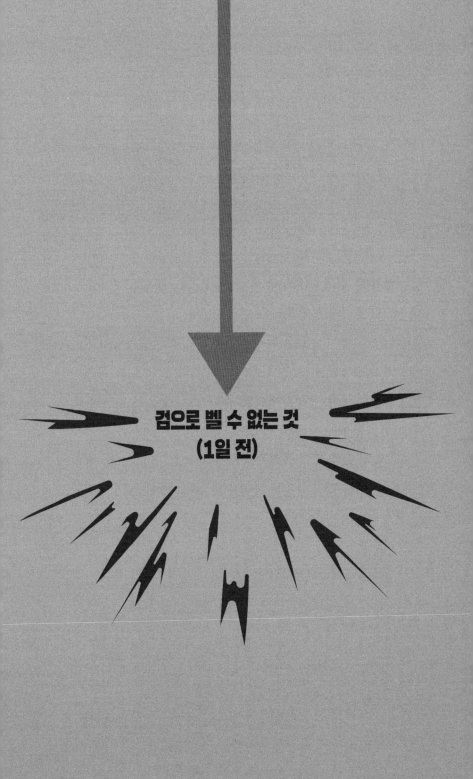

컴으로 벨 수 없는 것
(1일 전)

그날 밤, 밤새도록 뒤척였다. 밤이 깊어도 잠이 오지 않았다. 한참 뒤척이다 밖을 보니 구름 사이로 달이 흐릿하게 얼굴을 내밀고 있었다.

누운 채 다시 몸을 뒤척인다. 몸은 무겁고 발가락이 떨어질 것처럼 아파 쉽게 잠이 오지 않았다. 코트 속 육혈포의 총구가 가슴을 압박했다. 혜수의 집에 온 후 나는 늘 옷을 입은 채 잠을 청했다.

품에 손을 넣어 육혈포를 꺼내 바닥에 내려놓는다. 창문을 막은 판자 틈으로 들어온 달빛이 마루에 놓인 모젤의 총신을 비춘다.

윤회-

나는 나지막하게 윤회를 부른다.

작년 봄 나는 윤회를 업고 압록강을 건넜다. 한 걸음씩 내디딜 때마다 등에 업힌 윤회의 숨소리가 들렸다. 피고름 섞인 기침을 애써 참는 숨소리였다. 모진 고문과 옥

살이로 윤회의 몸은 만신창이가 되어 있었다.

암살단 사건으로 상해로 망명 후 고등계 형사들은 가족과 동지들을 괴롭혔다. 나의 행방을 말하지 않는다는 이유로 윤회는 미와에게 고문당했다. 미와는 윤회의 옷을 벗겨 거꾸로 매달고 목에 끈을 묶어 취조실 바닥에 끌고 다니며 욕보였다. 그즈음 상해 임시정부에 몸을 의탁하던 나는 잠깐 경성으로 숨어들었다. 망명 후 1년 만에 밟는 조선 땅이었다. 경성에서 다시 만난 윤회는 옥고와 고문으로 폐결핵을 앓고 있었다. 윤회는 피를 토하며 하루하루 야위어 갔다. 나를 본 윤회는 내 손을 잡고 떨리는 목소리로 말했다.

"저는 머지않아 죽겠죠?"

"죽고 사는 것이 그리 가벼운 일이겠소. 그런 말 하지 마시오."

"부탁이 있어요. 저를 상해로 데려가 주시겠어요? 아니 저를 꼭 데려가야 해요."

병을 앓고 있지만 윤회의 의지는 단호했다. 나의 행방을 숨기려다가 고초를 당해 병을 얻은 윤회의 부탁을 거절할 수 없었다.

상해까지는 먼 길이었다. 일산역에서 출발한 기차는 밤새 달려 신의주에 도착했다. 신의주에서 하루를 묵고 안둥현과 인접한 압록강으로 향했다. 윤회를 데리고 가기엔 길고 위험한 여정이었다. 압록강에 이르자 강 저편에는 중국군대가 주둔하고 있었다.

"아내가 병이 심해요. 치료 때문에 중국으로 가는 거요."

윤회를 아내라고 속인 건 그때가 처음이었다. 경비병은 윤회의 안색을 살폈다. 손으로 가렸지만 윤회의 입가에 맺힌 피는 지워지지 않았다. 각혈의 흔적이었다.

"폐병이구려. 가시오, 어서!"

폐병에 걸리면 십중팔구 목숨을 잃는다. 게다가 전염성도 강하다. 경비병은 쫓아내듯 길을 열어주었다.

"살리고 싶으면 강을 건너자마자 고기를 구해 먹이시오."

등 뒤로 피로에 찌든 경비병의 목소리가 들렸다. 내쫓듯 말했지만 사정이 딱해 보였을 것이다.

압록강을 건너면 거기서부터 안둥현이다. 안둥현은 북로군정서가 주둔해 있는 길림성에서 멀지 않다. 북로군정서는 청산리와 봉오동 전투에서 일본에 맞서 승리했지만 승리의 기쁨에 도취할 여유조차 없을 만큼 사방에는 적이 끊이지 않았다. 볼셰비키 혁명 이후 독자적인 군벌을 이룬 러시아에 의탁한 독립군 부대는 그들이 의탁한 부대간의 파벌 싸움에 휩싸여 있었다.

안둥현에 이르러 다시 봉천으로 향했다. 그곳에서 상해로 가는 배를 탈 수 있다. 봉천항에 이르러 민박에서 하루를 보내고 밤늦게 상해로 떠나는 배를 탔다. 배 밑바닥에 윤회를 눕히고 밤새 간호했다. 배가 상해에 당도할 때까지 윤회는 기침을 멈추지 않았다. 움푹 들어간 눈과 여윈 몸이 병의 깊이를 말해 주었다. 죽음은 윤회의 가슴 언저리까지 올라와 말없이 지켜보고 있었다.

상해에 도착하자마자 윤회를 의원에게 보였다.

"고문 독이 혈을 타고 온몸에 퍼졌소."

맥을 짚던 의원이 혀를 차며 말했다. 의원에게 손목을 맡긴 채 윤회는 숨을 가쁘게 내쉬었다. 의원은 말없이 흰 약포지에 싼 한약 몇 첩을 두고 돌아갔다. 하늘이 도왔는지 약을 달여 먹이자 병세는 조금씩 나아졌다. 임시정부의 조소앙이 마련해준 낡은 집에서 윤회는 몸을 회복했다. 오래된 중국식 가옥 벽까지 스며든 찬바람을 견디며 윤회는 오랫동안 잠들었다.

바람이 몹시 불던 날이었다. 임시정부 청사에서 이시영 선생을 만나고 돌아오니 윤회가 빨래를 하고 있었다. 빨래통에 넣은 윤회의 손이 빨갛게 변해 있었다.

"아직 몸이 회복되지 않았잖소."

"괜찮아요. 이젠 많이 좋아졌어요."

윤희는 창백한 얼굴로 애써 미소 지었다. 하지만 며칠 후 아침밥을 짓던 윤희는 각혈하며 쓰러져 일어나지 못했다. 차가운 바람이 창문을 두드리던 날이었다. 상해에 도착한 지 석 달 만에 윤희는 그렇게 생을 마감했다. 윤회의 시신은 상해 보산로 장지에 묻었다. 윤회를 묻던 날 비가 내렸다. 나는 삽으로 흙을 퍼 윤희가 누운 관 위로 던졌다. 비에 젖은 흙이 깊은 구덩이 아래로 떨어져 관을 뒤덮었다. 흙으로 관을 매운 후에도 한동안 윤희가 잠든 무덤가를 떠날 수 없었다.

윤회의 장례식을 치르고 오랫동안 시름에 빠져 세월을 보냈다. 이시영 선생이 신익희를 통해 한 권의 책을 보냈다. 중국의 혁명가 쑨원의 《삼민주의》였다. 나는 며칠 간 낡은 모포에 누워 책을 읽었다. 쑨원이 주창한 삼민주의와 오권헌법은 사회주의 이론서인 막스의 《자본론》과는 달리 민주주의를 지향하고 있었다. 슬픔을 잊기 위해 나는 오랫동안 그 책에 심취했다. 프랑스 조계의 도서관에서는 많은 책을 구할 수 있었다. 상해로 망명한 젊은 독립지사들은 그곳에서 저마다의 사상에 빠져들었다. 윤희를 잃고 실의에 빠져있던 나도 그 무리에 끼여 울분을 달랬다.

어느 날 한 남자가 나를 찾아왔다. 먼지 쌓인 낡은 건물 복도로 누군가 올라오는 소리가 들렸다. 뚜벅대는 소리가 멈추며 문 두드리는 소리가 들렸다. 문을 열자 말쑥한 양복 차림에 중절모를 쓴 남자가 서 있었다. 빛이 들어오지 않아 건물 복도에 서 있는 남자의 얼굴을 제대로 볼 수 없었다. 남자의 움직임을 주시하며 침대에 손을 넣어 시트 아래 감춘 육혈포를 움켜쥐었다.

"실례하겠소."

저음의 목소리가 들렸다. 남자는 이내 중절모를 벗고 정중히 인사했다.

"김상옥 맞소? 나는 김원봉이오."

김원봉이란 말에 나는 한동안 말을 잇지 못했다. 의열단의 김원봉, 그림자라는 별명으로 더 잘 알려진 그는 무정부주의자이자 무장독립 노선의 거두였다. 전부터 그 이름을 심심찮게 들었다. 조선총독부 폭파사건부터 부산경찰서, 밀양경찰서 폭파사건까지 모든 사건의 배후에 의열단이 있고 의열단의 중심에는 김원봉이 있었다. 그는 단단한 체구에 작고 검은 얼굴과 굳게 닫힌 다부진 입술을 가졌다. 눈이 마주치자 그가 눈 속에 불을 품은 남자라는 걸 한눈에 알았다.

윤회의 죽음으로 슬픔 가운데 있었지만, 애써 마음을

다지며 그에게 안으로 들어오도록 권했다. 윤희가 떠난 허름한 중국식 건물에는 살림살이라 할 수 없는 단순한 가재도구만 널려 있었다.

"풍기와 대구에서 활동하신 이야기를 들었소."

김원봉이 말했다.

"만주와 상해로 흩어진 동지들에게 들었겠군요."

"개별적인 첩보도 있었소."

김원봉은 광복단과 최근의 암살단 사건까지 나의 행적을 알고 있었다. 그의 첩보력은 놀라웠다. 그날 김원봉과 오랫동안 이야기했다. 그는 사회주의에 심취한 여느 젊은 독립지사처럼 임시정부의 외교 노선을 탐탁지 않게 생각했다. 국내외에서 진행되는 온건 투쟁으로는 아무것도 할 수 없다고 했다.

"임시정부의 외교 노선은 시대착오적인 발상이오. 말로 독립을 이루는 건 너무나 이상적인 생각일 뿐이지."

상해 임시정부는 번번이 민족주의 계열과 사회주의 인사들이 부딪혔다. 신채호 선생 역시 다툼뿐인 임시정부에 등을 돌렸다.

"난 교육도 실력 양성도 중요하다고 믿지만 가장 중요한 건 행동이오. 민주주의니 사회주의니 따위의 이념에 무게를 두고 싶지 않소. 임시정부가 분열된 것도 그런 이념 논쟁 때문이오. 탁상공론이나 하는 임시정부를 일본이 얕잡아서 가짜 정부라 말하는 거요.”

그는 아나키즘에 매료되어 있었다. 아나키스트들은 민족이란 이름으로 만들어진 정부도 그 아래의 모든 체재도 부정했다. 김원봉은 모든 인간의 평등과 역사 변혁의 주체로서 민중의 힘을 믿었다. 그는 분열 조짐을 보이는 임시정부를 비판했고 사회주의, 민족주의 따위의 이념을 넘어 봉건사회의 잔재조차 청산하지 못하는 민족 지도자를 비판했다. 김원봉은 톨스토이와 투르게네프의 문학작품을 읽으며 자신의 아나키즘을 체계화했다. 그의 가슴속은 낭만과 허무가 공존하고 있었다.

말을 마친 김원봉은 들어온 문을 통해 돌아갔다. 그때까지 나는 그가 온 이유를 알지 못했다.

그 후에도 김원봉은 자주 찾아왔다. 그가 주장하는 실천 투쟁이 조금씩 마음을 자극하고 있었다. 돛대가 부러진 배처럼 방황하는 허울뿐인 이론에 이미 염증이 나 있었다.

“무장투쟁에 동참할 동지가 필요하오. 함께 축제에 참가하지 않겠소?”

밤늦게까지 이야기를 나누던 어느 날 김원봉이 말했다. 그는 창 쪽으로 가 커튼을 걷고 창문을 열었다. 창밖으로 휘황찬란한 빛이 어우러진 상해의 야경이 펼쳐졌다.

"축제라, 좋군요. 하지만 축제에 가려면 단장을 해야지 않겠소?"

"그 문제라면 걱정하지 마시오. 모든 게 준비되어 있으니."

나의 농담에 김원봉이 미소 지으며 대답했다. 김원봉은 품속에서 권총 한 자루를 꺼내 탁자에 올렸다. 리볼버 혹은 육혈포라 불리는 그것은 독일 마우저 C96의 중국 카피 버전이었다.

"중국인 의용대와 손잡고 무기를 준비해 놓았소. 나와 함께 한다면 이것을 주겠소."

김원봉이 권총을 내밀었다. 순간 그의 눈을 봤다. 중절모 아래 김원봉의 눈이 빛나고 있었다.

"좋소, 일제에 맞서는 일이라면 기꺼이 동의하겠소. 하지만 총은 받지 않겠소."

나는 품속에 이미 한 자루의 육혈포를 가지고 있었다. 윤회가 죽던 날 동지들이 모아준 돈으로 산 육혈포. 그것은 윤회의 죽음과 맞바꾼 육혈포였다. 코트 속에서 육혈포는 살아 있는 생물처럼 꿈틀댔다. 그때 나는 머지않아 사냥개가 득실대는 경성으로 돌아가게 될 거란 걸 알

앗다. 그곳이 나의 사지가 될 거란 것도.

해가 바뀌고 겨울이 시작될 무렵 나는 의열단 단원이 되어 조선으로 돌아가기로 했다. 그날 밤 꿈에서 윤회를 봤다. 윤회는 슬픈 눈으로 나를 보고 있었다.

"이번에 가면 목숨이 위태로우니 가지 마세요."

윤회가 울며 말했다. 그 울음이 다시 나를 울렸다.

"내 목숨 따윈 버린 지 오래되었소. 내 걱정은 마오."

나는 단호하게 말했다. 그 말에 윤회는 입을 다물었다.

압록강을 건너 경성으로 돌아오는 동안에도 윤회는 종종 꿈에 나타나 슬픈 눈으로 나를 봤다. 내게서 멀리 떨어져 그저 바라볼 뿐 아무 말도 하지 않았다.

아침에 설교가 찾아왔다. 연희동에서 급히 달려온 그의 온몸이 땀에 젖어 있었다.

"우진에게 소식 듣고 뛰어왔네. 다친 데 없나?"

"괜찮아. 동지들 소식부터 알려주게."

"자네가 후암동에서 다무라를 사살한 후부터 다들 숨죽이고 피해 있네. 그나저나 후암동 사건은 어떻게 된 것인가?"

"사이토가 동경으로 떠나던 날 새벽에 형사들이 누이의 집을 들이닥쳤어."

형사들이 습격하기 전 누군가 후암동 집을 엿보는 기척이 있었다고 말했다. 입술에 점이 있는 이웃집 여자가 육혈포를 꺼내는 걸 본 것도 말했다.

"그 여자가 자네를 밀고했을지 모르겠군."

설교의 말대로 여자가 밀고한 거라면 총을 들킨 건 엄청난 실수다.

"형사들이 자네를 잡으려고 경성부 소속 순사 천여 명을 차출했다는 말이 있어. 조심해야 해."

천여 명의 순사라면 경성부의 모든 순사를 동원한 숫자다. 일은 생각보다 컸다.

"참, 우진이 전해주라고 한 것이 있어. 오늘 아침 신문이야."

설교는 품속에서 여러 번 접은 신문을 꺼냈다. 북만주에 주둔한 독립군부대에서 발행한 신문이었다. 배우로 위장해 경성에 잠입한 대한국민회 소속 독립군이 만주로 탈출해온 기사가 실려 있었다. 군복을 입은 사진 속의 남자가 낯익다. 자세히 보니 나운규였다. 나운규 옆으로 청향이 보였다. 자세를 고쳐 앉아 신문을 세세히 읽어 내려갔다. 나운규와 청향은 북간도로 무사히 탈출했다.

"정말 다행이군."

그들이 무사한 걸 확인하자 안도의 숨을 내쉬었다.

"이제부터 어떻게 할 생각인가?"

설교가 물었다.

"당분간 동지들과 접촉을 피해 여기 있을 거야. 가끔 와서 소식을 알려주게."

순사들은 나와 동지들의 움직임을 주목하고 있다. 동지들을 취조해서 나의 행방을 캐물을지 모른다. 이곳에서 잠잠해질 때까지 동면의 시간을 보내야 한다.

설교가 돌아가자 상해에서 가져온 코트로 갈아입고 혜수의 집에서 나와 혜화동 총독부병원으로 향했다. 궤짝에서 익중이 가져온 총알을 꺼내 육혈포에 장전했다. 중절모를 깊이 눌러쓰고 전차를 탔다. 1원 5전짜리 전차표를 내밀자 차장이 인사하며 표를 받았다. 전차에는 한복을 차려입은 여성 두 명과 중절모를 쓴 중년 남자가 앉아 있다. 전차 제일 뒤쪽 칸에 모던풍의 서구식 의상을 갖춘 남자가 책을 읽고 있었다. 두꺼운 안경을 쓴 남자가 검지로 안경을 치켜들고 나를 훑어보더니 책에 다시 시선을 묻었다.

빈자리에 앉아 경성 거리로 시선을 돌렸다. 한차례 폭풍이 몰아친 경성 시내는 검문이 강화됐다. 전차가 동소문 앞 전차 정류소에 진입하자 멀리 순사대가 전차를 기다리는 게 보였다. 검문이 시작되면 잡힐 게 분명했다.

나는 전차에서 뛰어내렸다. 전차는 느리게 움직였지만 동상 걸린 발이 지면에 닿자 떨어질 것처럼 고통이 밀려왔다. 이를 악물고 비명을 참으며 급히 대로를 벗어나 골목 안으로 들어섰다. 순사대는 전차가 도착하기 전 뛰어내린 나를 발견하지 못했다.

고정순을 만난 건 동소문에서 멀지 않은 총독부병원 근처 찻집이었다.

"동상은 어떠세요? 이렇게 돌아다니면 위험해요. 몸도 성치 않은데."

"괜찮소. 저번에 부탁한 것부터 알려주겠소?"

동상으로 밤새 잠을 이룰 수 없었지만 고통 따위를 염려할 때가 아니었다.

"그날 총상을 입은 자들은 오전에만 다섯 명이에요. 그중 한 명은 죽은 채로 실려 왔어요. 가슴과 목에 총알을 세 발이나 맞고 죽었어요."

"그게 누구였소?"

"형사였어요. 덩치가 큰 일본인이었죠. 이름이……."

"다무라?"

"아, 그래요. 다무라라는 사람이었어요."

예상대로 다무라였다.

"다른 사람들도 어깨와 등에 총을 맞았죠. 중상이지만 죽지는 않았어요."

고정순은 이름이 적힌 종이를 내밀었다. 종이에는 다무라와 이마세, 우메다 등의 이름이 적혀 있었다. 츠바루, 도시조 같은 내가 모르는 이름도 있었다. 그날 조선은행 인근의 소요 사태로 총상을 입은 자들이었다.

찻집 여급이 주문한 음료를 가져와 테이블에 내려놓고 돌아갔다. 나는 고정순이 내민 쪽지를 주머니에 넣고 다무라의 죽음을 애도한 후 자리에서 일어났다.

고정순과 헤어져 서대문 거리로 향했다. 황옥을 만나 확인할 것이 있었다.

환희에 들어서자 어두운 조명에 오렌지빛 실내등만이 홀을 밝히고 있었다. 축음기에서 흘러나온 잔잔한 음악이 감미로운 분위기를 자아냈다. 천정에 거꾸로 매달린 유리잔이 조명에 반사되어 빛났다. 상해에서 김원봉과 자주 찾던 카페와 느낌이 비슷했다.

바의 중앙에는 낯익은 마담이 손님과 이야기하고 있다. 내가 들어오는 걸 본 마담이 먼저 알은체했다. 이름이 희라고 했던가? 나는 바 한 귀퉁이 테이블에 앉았다.

"후지모토상을 만나러 오셨나요? 후지모토상은 오늘 오지 않을 것 같은데."

마담이 테이블로 다가와 말했다.

"후지모토?"

"그의 이름을 모르는군요. 후지모토는 황옥이 쓰는 이름 중 하나에요."

그녀는 내게 좀 더 가까이 다가와 목소리를 낮춰 말했다. 후지모토, 낯설지 않은 이름이다.

"혹시 김상옥이 찾아오면 전해달라고 하더군요. 한동안 경성 안의 누구와도 접촉하지 않는 게 좋을 거라고."

여자가 말했다. 황옥은 왜 굳이 그 이야기를 전하려 한 걸까? 게다가 내가 찾아올 거라 생각했다니.

"황옥에게 무슨 일이 생겼소?"

내가 묻자 마담은 나를 쳐다봤다. 잠깐 그녀와 눈이 마주쳤다. 그녀의 얼굴엔 왠지 모를 슬픔이 서려 있다. 짙은 립스틱을 바른 입술. 눈언저리를 검게 칠한 화장. 짙은 화장으로 슬픔을 감췄지만 내 눈에는 고스란히 느껴졌다.

"솔직히 말할게요. 황옥은 지금 총상을 입고 병원에 있어요."

"황옥이 총에?"

뜻밖의 일이었다. 황옥이 총상을 입다니. 대체 무슨 일로.

"그저께 총독 환송 행렬 때 누군가 쏜 총탄에 맞았어요."

나는 아무 말도 할 수 없었다. 조선은행 앞에서 총성이 들렸지만 그것은 마차를 겨냥한 것이다. 그럼 황옥을 쏜 자는 누구란 말인가?

마담이 표정을 살피고 있다는 느낌에 고개를 들었다. 그녀가 내 얼굴을 바라보고 있었다.

"괜찮아요. 총상은 그리 심각하지 않아요."

여자의 입술이 내 귀 가까이 다가왔다. 짙은 화장품 냄새가 코끝에 느껴졌다. 순간 그녀의 이름이 희라는 걸 떠올렸다. 나는 여자를 쳐다봤다. 입술이 닿을 듯한 거리. 이내 여자가 입을 열었다.

"사실대로 말하죠. 총상을 입은 건 의도적인 거예요. 그저께 당신을 구하려고 한 것이 미와의 귀에 들어갔기 때문이죠."

여자의 표정이 일그러졌다. 마치 그것은 모두 당신 때문이야, 라고 말하는 것 같았다.

"좀 더 자세히 말해 줘요."

다급한 마음에 여자에게 되물었다.

"조선은행 앞에서 누군가 폭탄을 던졌지만 폭탄은 터지지 않았어요."

"알고 있소!"

그날 터지지 않은 폭탄은 며칠 전 황옥이 구해준 것이었다. 환희를 다시 찾아온 이유이기도 했다.

"그 순간 어디선가 총소리가 났어요."

여자가 말했다.

"총소리가 들렸을 때 황옥도 자신의 어깨를 쏘았어요. 낯선 승려가 취조당하지 않게 해준 것이 미와의 의심을 사게 될까봐 스스로 총상을 입은 거죠."

낯선 승려, 그 말을 듣는 순간 심장이 뛰었다. 여자의 말대로라면 황옥은 순사들이 총에 맞아 쓰러지는 순간 자신의 어깨에 총을 쏘는 자작극을 벌였다. 황옥이 낯선 승려를 놓아줬다는 걸 미와가 주시하고 있다는 건 충격이다. 그 말은 황옥 또한 미와에게 감시당하고 있다는 말이다. 수사부장 미와는 독립군을 잡아들이는 데 협조한 황옥마저 믿지 않았다. 여자의 얼굴을 다시 봤다. 은은한 조명 아래 짙은 화장을 한 여자의 눈은 여전히 슬퍼 보였다.

"희, 한 가지 궁금한 게 있소."

"내 이름을 어떻게 알았죠?"

여자가 되물었다.

"이곳에 오기 전부터 당신의 이름을 알고 있었죠. 희망이란 의미의 그 이름, 마음에 드는군요."

여자는 치아를 보이며 웃었다. 슬픔을 머금은 웃음이었다. 여자는 바 뒤의 진열대에서 와인잔을 가져와 내 앞에 놓았다. 투명한 잔에 붉은 와인이 쏟아졌다. 여자는 와인이 담긴 잔을 내게 건넸다.

"궁금한 걸 말해 봐요. 처음 보는 여자의 이름을 기억한 선물로 말해 줄게요."

여자는 투명한 글라스에 담긴 와인을 내 앞에 놓았다.

"좋소. 한 가지 궁금한 게 있소. 황옥의 총상이 자작극이라는 걸 내게 말해 주는 이유가 뭐죠?"

여자는 고개를 낮추고 한동안 홀을 바라봤다. 슬픔에 젖은 눈빛이었다. 그녀의 눈이 애처롭게 느껴졌다. 테이블로 시선을 돌리고 있던 희가 나지막하게 입을 열었다.

"그 남자를 사랑했기 때문이죠."

짧고 명료한 대답, 하지만 뜻밖의 말이었다. 사랑이라…….

"하지만 그는 가질 수 없는 사람이에요. 그에게 있어 내가, 나에게 있어 그가 그런 존재죠."

"가질 수 없다는 건 왜죠? 황옥과 당신은 연인 사이가 아니었소?"

낮지만 분명한 목소리로 여자에게 물었다.

"사랑했죠. 아주 많이. 하지만 그는 이 혼란 속에 너무 깊이 발을 담가 이미 되돌릴 수 없는 지경에 이르렀어요. 자신을 숨기고 권력에 붙어사는 걸 참아낼 만한 위인은 못되죠."

알 수 없는 말이었다. 황옥이 느끼는 혼란이란 고등계 형사가 된 걸 말하는 걸까? 지난번 환희에서 황옥을 만났을 때 그가 내게 보여준 냉소와 이죽거림 역시 그 혼란이 만들어낸 것일까. 여자의 말대로 황옥은 과거를 괴로워하고 있을지도 모른다. 인간은 신념이 흔들릴 때 모든 가치 앞에서 냉소적으로 변한다. 그의 냉소적인 행동은 그 결과인 걸까.

"그는 과거를 후회했죠. 그래서 회심한 거예요. 하지만 그는 내가 없는 미래도 후회하게 될 거예요. 반드시!"

그때 잔잔하게 흘러나오던 음악이 꺼지고 색소폰 연주곡이 시작됐다. 여자는 말이 없었다. 나 또한 아무 말 하지 않았다. 감상에 젖듯 여자는 생각에 빠졌다. 카운터에 놓인 축음기만이 음악을 쏟아냈다.

"당신이 방금 저 문을 열고 들어왔을 때 무슨 생각을 한 줄 아세요?"

그녀는 잔에 담긴 와인을 한 모금 마시며 말했다.

"무슨 생각을 했소?"

여자에게 되물었다. 그녀는 말없이 앞만 바라봤다. 잠깐의 정적이 흘렀다.

"당신을 위험에 빠뜨리고 싶다고 생각했어! 황옥이 자신에게 총을 쏘게 한 당신을."

여자의 얼굴을 물끄러미 바라봤다. 여자는 취한 게 아니었다. 취한 척하는 것은 더더욱 아니다. 여자는 망설이고 있었다.

"그만 여기서 나가는 게 좋을 거예요. 곧 형사들이 올 테니깐."

여자는 결심한 듯 자리에서 일어났다.

"무슨 뜻이오? 형사들이 여길 오다니."

"당신이 수배 중이란 사실은 알고 있겠죠? 경성 어딜 가도 고등계 형사와 줄이 닿는 프락치가 있죠. 저 또한 그들 중 하나예요."

그제야 모든 상황을 이해할 수 있었다. 내 생각대로 희는 위험한 여자였다.

"서둘러요. 시간이 없어요. 특히 미와를 조심해야 할 거예요."

여자의 말에 나는 재빨리 자리에서 일어나 문을 열고

바에서 나갔다. 서대문 거리는 막 해가 지고 있었다. 서녘으로 지기 시작한 해는 땅거미를 길게 늘어뜨리고 태양의 반대편으로 서서히 사라져갔다. 서둘러 환희를 벗어나 거리로 나왔다. 여자는 왜 결정적인 순간에 마음을 돌린 걸까? 그녀는 진정으로 황옥을 사랑한 건지도 모른다는 생각이 뇌리를 스쳤다.

　한참을 걸어 서대문로의 끝자락에 이르렀다. 거리에 있던 구두닦이 하나가 다가왔다.

　"구두에 약칠해서 신으세요. 번쩍번쩍하게 닦아 드릴게요."

　"아니 괜찮아."

　나는 멈추지 않고 길을 재촉했다.

　"싸게 해드릴게요."

　구두닦이가 따라오며 말했다. 거리의 소년들이 독점하는 구두 닦는 일을 하기엔 나이가 많았다. 구두닦이 뒤로 일정한 거리를 두고 낯선 자들이 따라오는 걸 눈치챘다. 잠복 중인 형사였다. 어서 이 상황을 벗어나야 한다. 나는 서대문 거리를 필사적으로 뛰어 종로로 향했다.

　"잡아! 저자를 잡아."

　그들은 고함치며 내 뒤를 쫓아 왔고 나는 온 힘을 다해 뛰었다. 동상 걸린 발가락이 떨어져 나갈 것 같았다. 도로에는 전차 레일이 끝없이 펼쳐졌고 전신주엔 여러 갈래로 전선이 얽혀 있었다. 멀리서 종을 울리며 전차가 들어온다. 나는 도로 한가운데로 뛰어들어 온 힘을 다해 반대편으로 건너갔다. 쫓아오던 형사들은 전차에 막혀 멈춰 선 채 닭 쫓던 개처럼 멀어져가는 나를 쳐다볼 뿐이었다.

형사들을 따돌리고 종로 거리에 이르러 가장 먼저 보이는 골목으로 들어갔다. 좁은 골목 사이를 한참 뛰자 저택이 늘어선 거리가 보였다. 잠깐 멈춰 숨을 고르자 이내 골목 입구가 떠들썩했다. 쫓아오는 형사를 피해 다시 골목을 내달린다. 골목은 저택의 담과 담이 촘촘히 붙어 있었다. 한참을 뛰자 막다른 골목이 나왔다. 이대로라면 독 안에 든 쥐다. 형사들이 뒤쫓는 소리가 가까워진다.

젖 먹은 힘을 다해 막다른 골목에 보이는 저택 담 위로 기어오른다. 기울어진 경사를 이용하면 담을 넘을 수 있다. 두 다리와 팔로 벽을 짚고 온 힘을 짜내 담장 위까지 오른다. 담장은 어른 두 사람 정도의 높이다. 담장 꼭대기에 다다를 때쯤 나를 뒤쫓던 자들이 나타났다. 들키지 않게 재빨리 저택 안으로 뛰어내리자 나무와 풀이 심어진 저택 마당이 보였다. 순사를 따돌린 걸 확인하자 안도의 숨이 나왔다. 한동안 마당에 엎드려 형사들이 사라지기를 기다렸다. 담 아래로 간간이 사람의 발소리가 이어졌다. 일어와 조선말이 섞인 욕지거리가 들리더니 소리는 골목 저편으로 사라졌다.

높은 담장으로 둘러싸인 저택은 일본식 맞배지붕으로 기와를 얹은 목조 가옥이었고 저택 마당에는 며칠간 내린 눈이 곳곳에 얼어 있었다. 긴장이 풀리자 다시 발에 통증이 느껴졌지만 신발을 벗을 수 없었다.

주변이 조금씩 어두워졌다. 고개를 들어 저택을 둘러본다. 저택 마당에 잔디가 깔린 정원이 있고 한가운데 일본식 고택이 있다. 문이 반쯤 열렸지만 안에선 아무 기척도 들리지 않는다. 창문 틈으로 안을 보자 다다미가 깔린 마루와 미닫이문이 보였다. 저택을 둘러싼 담장을 올려다본다. 다시 담장을 넘으면 대로로 나갈 수 있다. 담 옆 큰 나무 위로 올라가 주변을 살핀다. 주변은 예상대로 일본인이 몰려 사는 종로 뒷거리 호화저택 밀집 지역이다. 왠지 이 거리가 낯설지 않았다. 카즈키와 미와를 본 몽상신전류 도장 또한 멀지 않을 것이다. 담 몇 개를 사이에 두고 거합 도장이 있는 게 보였다.

그때 담장 아래에서 누군가의 발소리가 들렸다. 순간 소리를 지를 뻔했다. 담장 아래에 나를 쫓아온 형사 중 하나가 주변을 살피고 있었다. 사방이 어두워 담장 위에 내가 있다는 걸 알지 못한 형사는 저택 주변을 수색 중이었다. 나는 코트에서 모젤을 꺼내들었다. 그리고 체중을 실어 담장 아래 남자의 목덜미를 겨냥해 뛰어내렸다. 팍- 모젤의 총신이 남자의 목을 가격했다. 목을 가격당한 남자가 비명조차 지르지 못하고 쓰러졌다.

쓰러진 남자를 저택 앞 전봇대 옆에 눕히고 골목 사이를 뛰어 거합 도장으로 향했다. 모퉁이를 돌아 한참을 뛰자 익숙한 거리가 나왔다. 어두운 거리에는 간간이 사람이 지나다녔고 일본어 간판이 걸린 식료품 가게와 잡화점이 늘어서 있었다. 조금 더 걷자 거합 도장이 보였다. 도장은 불이 꺼져 있고 안에서는 아무 소리도 들리지 않았다.

회중시계는 아홉 시를 가리키고 있다. 도장 옆 인가 담 위로 올라서자 도장 안이 훤히 보인다. 다다미가 깔린 도장 안에는 아무도 없고 벽에 두 자루의 일본도만이 걸려있을 뿐이었다. 담장 사이로는 스산한 바람이 불었다.

담장에 기대앉자 조금씩 긴장이 풀렸다. 왜 이곳에 온 걸까. 오래전 처음 이곳을 본 그날처럼 보이지 않는 어떤 힘이 나를 이끈 걸까. 시체를 찾아 떠도는 하이에나처럼. 아니 어쩌면 노파가 말한 대로 내 기운이 이곳을 느끼고 스스로 찾아온 걸까.

나는 피식 웃었다. 거합이라 적힌 목판 아래에 걸린 일본도가 대지를 잠식시킨 어둠 아래에서 달빛에 반사돼 빛나고 있다. 검에 서린 피의 울음이 들리는 것 같다. 순간 빛 아래 반짝이는 검을 부숴버리고 싶었다. 사방은 어둡고 도장에는 아무도 없다. 한 줄기 빛만이 현판 아래에 걸린 검을 비출 뿐이다.

담을 넘어 거합 도장 안으로 들어간다. 담을 넘을 때 코트 자락 날리는 소리가 크게 들렸다. 아직 채 녹지 않은 눈이 얼어붙은 마당을 지나 다다미가 깔린 방으로 들어가 벽에 걸린 일본도 앞에 섰다.

우우우- 검이 우는 소리가 들리는 것 같다. 정확히 말하면 검에 서린 영혼이 울고 있었다. 검에 죽은 망자의 한이 검날에 스며들어 서럽게 울어댔다. 달빛이 측은한 듯 검날을 비췄다. 순간 아버지가 떠올랐다. 경복궁을 향해 우짖던 아버지의 한이 심장을 짓눌렀다. 울컥하며 뱃속에서 시꺼먼 것이 올라올 것 같았다. 나는 단 위에 놓인 검을 집어 들었다. 제대로 벼린 검날은 닿는 순간 베일 것만 같다. 검을 높이 들어 바닥에 내팽개쳤다.

챙강- 검이 벽에 부딪혀 바닥으로 떨어졌다.

그때 멀지 않은 곳에서 사람 소리가 들렸다. 떨어진 검

경성의 봄 1923

을 집어 미닫이문 옆에 바짝 붙어 바깥을 살폈다. 곧 도장 현관이 열리며 사람들이 안으로 들어왔다. 나를 쫓던 형사였다. 도장에 들어선 그들은 흩어져 마당과 방을 뒤졌다.

나는 미닫이문 옆에 몸을 바짝 붙이고 육혈포를 꺼낸다. 정체를 들킨다면 저들과 교전을 벌여야 한다. 그들의 발소리를 의식하며 모젤의 해머를 뒤로 젖힌다. 방아쇠를 당기는 순간 총알은 저들의 머리를 관통할 것이다.

한동안 도장을 뒤지던 형사 중 하나가 현관을 지나 마루 위로 올라왔다. 문에 바짝 몸을 붙이고 고개를 돌려 남자를 본다. 순간 심장이 요동쳤다. 그는 다름 아닌 미와다. 컴컴한 방에 내가 있다는 사실을 모른 채 미와가 방문 앞에 서 있다.

긴장한 다리가 떨렸다. 오래전 이곳에서 본 미와의 검술이 떠올랐다. 자신을 던져 적을 베어버리는 검. 이기기 위해서가 아닌 살아남기 위한 검. 미와의 이마가 꿈틀댔다. 검이 사라진 걸 안 걸까. 나는 육혈포를 다다미 위에 내리고 바닥에 떨어진 검을 집어 올렸다. 그리고 오른손으로 검을 쥐고 왼손으로 검 자루를 지탱한 채 머리 위로 서서히 검을 쳐든다. 서너 걸음만 앞으로 다가오면 옆에서 그를 내리칠 수 있다. 다다미를 밟고 선 구두에 바닥을 짓누르는 힘이 느껴졌다. 왜인지 발가락의 고통이 느껴지지 않는다.

미와는 마루를 지나 방안으로 한 걸음 더 다가온다. 무성영화의 움직임처럼 서서히 다다미방 앞까지 다가왔다. 입에 침이 고인다. 침 삼키는 소리가 크게 들린다. 밖에서 들려오던 소음도 이제는 들리지 않는다.

그때 미와의 발이 멈칫했다. 미와는 야생적 감각으로 움직임을 멈췄다. 미와는 마당에 있던 다른 형사들에게 뭔가를 손짓했다. 내가 있는 걸 알린 걸까? 미와의 발이 다시 문턱을 밟는다. 이내 미와가 방으로 들어섰다. 그리고 찰나의 순간.

부웅- 머리 위로 쳐든 검을 아래로 내리쳤다. 검은 직각 거리로 미와를 향해 돌진했다. 낌새를 차린 미와가 급히 몸을 틀었지만 검은 미와의 어깨를 베었다. 그의 어깨를 베고 지나간 칼은 허공에 피를 흩뿌렸다.

아악- 미와가 비명을 질렀다.

"김상옥이다!"

비명과 함께 도장을 뒤지던 형사들이 급히 방으로 몰려들었다. 나는 다다미 위에 올려놓은 육혈포를 집어 그들에게 총구를 겨눈다.

탕탕- 육혈포가 불을 뿜자 질급한 형사들이 마당으로

달아났다. 며칠 전 고봉근의 집을 습격한 형사도 섞여 있었다. 형사들은 총을 쏘며 사방으로 흩어졌다. 나는 몸을 숨기고 응사했다. 내가 쏜 총알이 형사들을 지나쳐 담벼락에 박혔다. 사방은 어둡고 총구에서 나온 불꽃만이 나와 상대의 위치를 알려 주었다. 적들이 너무 많다. 어서 이곳을 벗어나야 한다.

나는 모젤과 클로드니케를 양손에 쥐고 계속 총을 쏜다. 총에 맞은 형사들이 마당에 쓰러져 뒹군다. 검에 어깨를 베인 미와가 피를 흘리며 마당으로 나갔다. 주임 형사가 쓰러진 걸 본 형사들은 마루 아래로 몸을 숨겼다. 나는 사격을 계속하며 마당으로 뒷걸음질하다 저항이 줄어든 틈에 담을 넘어 도장을 빠져나갔다. 담을 넘자 형사들이 고함을 지르며 문을 열고 쫓아왔다. 도장을 벗어나 일본식 가옥으로 즐비한 골목 사이를 온 힘을 다해 뛰었다. 어둠이 깔린 종로 뒷거리엔 목표를 잃어버린 허망한 총소리만이 울려 퍼졌다.

혜수의 집으로 돌아온 건 늦은 밤이었다. 뒤쫓는 형사들을 피해 좁은 종로 뒷골목으로 이동해 따돌렸다. 도심에서 떨어진 효제동에 이르자 비로소 안도의 숨을 내쉬었다.

방에 들어서자마자 코트에서 육혈포 두 자루를 꺼냈
다. 총은 화약 냄새가 짙게 배어 있었다. 어긋난 모젤의
총신을 분해해 다시 조립을 시작하자 문밖에서 기척이
들리며 혜수가 들어왔다.

"어딜 다녀오셨나요? 낮에 형사들이 찾아왔어요."

"형사들이?"

"대청마루에 앉아 사과를 깎고 있는데 불쑥 나타나 김
상옥이 오지 않았느냐고 묻기에 경성을 떠난 후 한 번도
못 봤다고 했어요."

"다른 건 더 묻지 않았소?"

"아무렇지 않은 것처럼 보이려고 잠깐 들어와 사과를
먹고 가라고 했더니 별말 없이 돌아갔어요. 신경 쓰이네
요. 왜 여기까지."

혜수가 걱정스러운 표정으로 말했다.

"별일 없을 거요. 조만간 여길 떠나 잠잠해질 때까지
때를 기다려야겠소."

혜수를 안심시키려고 한 말이지만 경성 어느 곳도 안
전하지 않다. 형사들이 다른 곳을 수색하는 동안 이곳을
떠나야 한다. 밤은 더욱 깊어가고 다시 눈이 내리고 있
다. 이틀 전만 해도 하늘이 맑아지나 했더니 이내 진눈
개비가 내리기 시작했다.

고정순이 챙겨준 약을 동상 걸린 부위에 바르고 잠을 청한다. 통증은 좀처럼 사라지지 않았다. 발가락 주변의 극심한 통증과 달리 정작 발가락은 신경이 떨어져 나간 것처럼 아무것도 느껴지지 않았다. 서서히 내 몸의 감각이 사라지고 있다. 어쩌면 시간이 된 건지도 모른다. 모든 것이 사라지기 전 나는 결단해야 한다.

윤회는 온화한 얼굴로 나를 보고 있다. 경성극장에서 열연하는 배우처럼 곱게 말아 올린 머리카락과 푸른 브로치가 달린 블라우스. 윤회는 늘 미소로 나를 맞았다.

"왜 이렇게 위험한 일을 하는 거예요?"

윤회가 가만히 미소지으며 물었다. 윤회의 말에 나는 말없이 웃을 뿐이다. 최 마리아. 그것은 엘런 선교사가 지어준 윤회의 세례명이다. 윤회의 아버지는 의병장 신돌석 부대를 따라 삼척 전투에서 유명을 달리했다. 그런 윤회를 거두어들인 건 엘런 선교사였다. 나는 미소짓는 윤회의 눈을 오랫동안 바라봤다. 그 눈 속에 하나의 세계가 꿈틀대고 있다. 그 세계 속에서 윤회는 자신만의 투쟁을 벌여왔다. 자욱한 포화 잔해 속에서 숨진 아버지. 진저리치던 외로움. 그것은 윤회의 어린 시절 대부분을 차지했다. 그녀의 세계는 이제 어디에도 없다. 윤회가 상해에서 숨을 거둔 그해 겨울, 나는 김원봉을 만나 경성으로 돌아가겠다고 했다. 안홍한과 함께 압록강을 건너 신의주에서 석탄 운송열차에 숨어들었다. 온몸에 석탄 가루를 뒤집어쓴 채 남쪽을 향해 달리는 열차가 일산역에 도착하기만을 기다렸다. 간간이 열차가 검문소에 멈춰 설 때면 품속에 숨긴 모젤의 총신을 매만졌다. 기차가 다시 움직일 때까지 손에서 모젤을 놓지 않았다. 육혈포는 내 목숨이자 윤회였다. 하지만 윤회는 이제 존재하지 않는다. 그녀는 내 기억에만 살아 있을 뿐이다. 나는 아직 엘런 선교사에게 윤회의 죽음을 알리지 못했다. 사이토를 저격하고 만주 독립부대가 국내로 진공하는 날 그녀의 죽음을 알리려고 했지만 그 모든 건 이제 안개 속에 가려져 있을 뿐이다.

지면에 짙게 내리깔린 안개는 사라질 줄 모른다. 내일 아침 동대문교회에 있는 엘런 선교사를 찾아가 윤회의 죽음을 알릴 것이다. 그리고 마지막 결전을 준비하리라.

발의 통증은 이제 발목으로 올라왔다. 발목이 끊어질 것만 같다. 나는 혼절을 거듭하다 가까스로 잠이 들었다.

"일어나보세요. 설교 씨가 왔어요."

혜수가 나를 깨웠다. 눈을 뜨자마자 육혈포를 찾아 베개 아래를 더듬는다.

"나야 상옥이. 안심해."

설교였다. 야학을 마친 설교가 새벽에 찾아왔다. 자정이 지난 시간이다. 동상 걸린 발에서 열이 심하게 올라와 내 몸은 온통 땀에 젖었다.

"전우진이 경기도 경찰부로 잡혀갔어. 저녁에 자택에서 체포됐다는 소식을 듣고 급히 달려온 거야."

"우진이?"

"육혈포와 탄환이 든 궤짝을 운반하는 걸 누군가 목격한 모양이야."

설교는 미와를 주임으로 한 특별수사 본부가 경기도 경찰부에 만들어졌다고 했다. 환희의 마담이 미와를 조심하라고 한 말이 떠오른다. 거합 도장에서 내 검에 어깨를 베인 미와는 내가 경성에 있는 걸 확인하고 전우진을 잡아들였다. 모든 계획이 뒤틀리고 있다.

"미와가 곧 이곳을 찾아낼 거야. 즉시 거처를 옮겨야 해."

설교의 말대로 형사들이 수색범위를 좁혀 오면 이곳도 더는 안전하지 않다.

"나도 조만간 거처를 옮길 생각이었어."

"지체할 시간이 없어. 지금 당장 움직여야 해."

설교가 다급히 말했다. 혜수는 사색이 된 얼굴로 나를

쳐다볼 뿐이다.

"걱정 마. 이미 몇 번 죽을 고비를 넘긴 내가 아닌가. 섣불리 움직이면 경성 곳곳에 깔린 순사대에 발각되기 쉬워. 날이 밝은 다음 이동하는 게 나을 거야."

상황이 급하다는 걸 누구보다 잘 알지만 한 걸음도 움직일 수 없는 고통이 나를 짓눌렀다. 동상 걸린 부위가 썩어 가고 있다고 차마 말할 수 없었다.

"자네 뜻은 알겠네. 하지만 너무 지체하지는 말아야 해."

"알겠네. 한동안 자네와도 이별이군. 익중과 동지들에게 안부 전해주게."

나는 설교의 손을 잡았다. 노동으로 얼룩진 설교의 손에는 굳은살이 박여 있었다. 그 밤 어두운 효제동 밭길을 걸어 종로로 향하는 설교를 보며 깊이 숨을 내쉬었다. 잡혀간 전우진은 어떻게 될까? 미와의 끔찍한 고문을 이겨낼 사람은 없다. 온몸에 전선이 감긴 채 눈과 귀에서 피를 쏟아내고 결국 정신을 놓는다. 대부분 고문이 끝나기 전 모든 걸 털어놓고 만다. 알고 있는 것과 모르는 것 사이에서 모든 걸 털어내고 나면 진실은 거짓이 되고 거짓은 진실이 된다. 극한의 상황에선 본능만이 의식을 지배한다. 미와의 고문은 그런 것이다. 존재하지 않는 것조차 존재하게 만드는 것. 미와는 우진의 몸을 부술 것이다. 새끼짐승을 잡은 사냥개는 본격적으로 어미짐승을 사냥하려 한다. 이제 미와가 나를 물어뜯는 일만 남았다. 미와를 완전히 베지 않은 건 실수다. 순간 육혈포를 쥔 손에 힘이 들어갔다. 더는 물러설 곳이 없다.

압록강을 건너 경성으로 돌아온 날 창신동 집에 들렀다. 그날 어머니는 버선발로 마당으로 뛰어나와 내 얼굴을 더듬었다.

"왜 돌아온 거냐? 죽으려고 다시 온 거냐?"

어머니는 울먹였다. 경성으로 돌아온 건 사자 아가리에 들어온 것이나 마찬가지다.

"이번에는 아주 담판을 지으러 왔어요."

그 말에 어머니는 말없이 나를 봤다. 나를 보는 눈 속은 검고 깊었다. 나는 그 속으로 한없이 빨려 들어갔다. 사방이 어둠에 막혀 아무것도 보이지 않는 깊은 어둠뿐이다.

그 밤, 나는 몽롱함 가운데 꿈을 꿨다.

찬란한 빛 사이로 윤희가 내 손을 잡고 앞서 걷는다. 빛으로 들어서기 전 거대한 암흑이 나를 지배한다. 어둠이 이어진 길을 지나자 빛이 가득한 긴 터널이 앞에 나타났다. 터널 안으로 윤회가 이끄는 대로 따라간다. 어디로 가는 거니? 내가 묻자 윤회는 고개를 돌려 나를 본다. 밝은 표정이다.

"이젠 쉬세요. 몸도 성치 않잖아요."

"알고 있소. 하지만 쉬기엔 아직 끝내지 못한 일이 남았소."

"무엇이 남았나요?"

"당신의 죽음과 맞바꾼 이 모젤이 아직 피를 원하고 있소."

나는 모젤의 총신을 움켜쥔다. 그걸 바라보는 윤회의 눈은 슬퍼 보였다.

"저 때문인가요?"

윤회가 물었다.

"단지 당신 때문만은 아니요. 하지만 당신 때문이 아니라고도 할 수 없소."

내 말에 윤회는 가만히 미소지었다.

"저 때문이라면 이젠 괜찮아요. 하지만 저 때문이 아니라면 뜻대로 하세요. 저는 여기서 기다릴게요."

그 말과 함께 윤회는 시야에서 사라졌다. 윤회의 실루엣이 완전히 사라졌을 때 나는 터널에서 돌아서서 어둠 속으로 뛰어들었다.

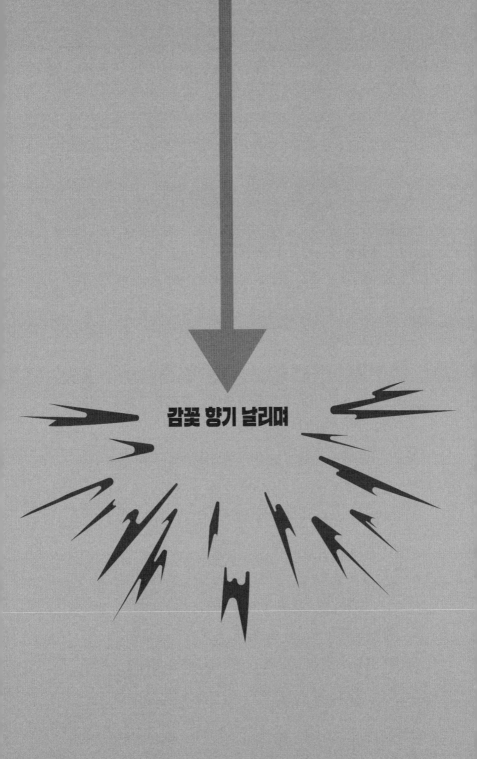

감꽃 향기 날리며

새벽에 진눈깨비가 내렸다. 비도 눈도 아닌 진눈깨비가 마당으로 떨어졌다. 진눈깨비가 창에 부딪히는 소리는 빗소리보다 가볍다. 그것은 소리라는 또렷한 흔적을 가지고 있다.

천정에서 덜그럭대는 소리에 잠에서 깼다. 기와가 움직이는 소리. 누군가 지붕에 올라간 것처럼 지붕을 이은 기와가 덜그럭대며 흔들렸다.

나는 베개 아래에 숨긴 육혈포를 손에 쥐고 천정에서 들리는 소리에 귀 기울인다. 지붕에 누군가 있다. 한두 사람이 아니다. 눈치채지 못하게 최대한 몸을 낮추고 움직이지만 사람의 기척이 느껴졌다.

"누, 누구세요?"

마당에서 혜수의 비명이 들렸다. 나는 머리맡에 장전해둔 모젤의 총신을 꽉 쥔다. 손에 차가운 금속성이 느껴진다. 누굴까? 경찰의 기습이라면 분명 미와가 지휘하는 수사대일 것이다. 미와는 결국 전우진을 고문해 내가 있는 곳을 알아낸 걸까.

황급히 방문이 열리며 혜수가 방으로 들어왔다. 밖은 아직 어둠에 뒤덮여 있다.

"형사들이 쳐들어왔어요. 지붕 위에 온통 순사들이에요. 어서 숨어야 해요."

혜수의 목소리가 몹시도 떨렸다. 그녀는 언어를 잃어가고 있었다. 방을 둘러보자 한쪽 벽에 고서를 넣어 둔 벽장이 눈에 들어왔다. 혜수는 벽장으로 달려가 문을 연다.

"이 안에 들어가 숨으세요."

"알겠소. 잠깐만."

머리맡에 벗어둔 코트를 껴입고 우진이 가져온 궤짝에서 잡히는 대로 탄환을 챙겨 코트 주머니에 넣는다.

"빨리요."

혜수가 재촉했다. 급히 벽장 안에 들어가서 고서 더미 뒤에 숨는다. 혜수는 벽장에 쌓인 책을 옮겨 나를 가리고 벽장문을 닫았다. 문 닫히는 소리와 함께 사방이 어두워졌다. 벽장 안은 매캐한 책 냄새와 곰팡내로 가득했다.

"김상옥! 거기 있는 것 다 알고 있다. 어서 나와!"

밖에서 고함이 들렸다. 낯익은 목소리. 종로경찰서장 모리다. 소리와 동시에 지붕에 있던 형사 몇 명이 마당으로 뛰어내렸다. 벽장에 숨은 내게도 진동이 느껴졌다.

탕탕- 귀를 찢는 총성이 들렸다. 마당에서 모리가 허공에 위협사격을 했다.

"김상옥, 여기 숨어 있는 것 알고 있다. 지금 나오면 목숨은 부지할 수 있다."

또 다른 목소리. 목소리의 정체가 미와라는 걸 단번에 알았다. 어젯밤 거합 도장에서 벤 미와의 어깨 상처가 얕았던 걸까.

"여긴 아무도 없어요. 대체 무슨 일이에요?"

혜수의 목소리가 들렸다. 형사들은 항의하는 혜수의 뺨을 때리며 끌고 갔다. 혜수의 목소리는 비명으로 바뀌었다.

"주인 어디 있어? 집주인"

형사들이 집주인을 찾자 혜수의 아버지 이태성이 안방에서 나왔다. 암살단 사건 때부터 나를 숨겨준 그였다. 조선군에서 명사수였지만 이제는 환갑을 넘은 노인이다. 형사들은 이태성을 쓰러뜨리고 포박했다. 혜수의 노모와 어린 동생의 울먹이는 소리가 들렸다. 형사들은 혜수의 가족을 연행해 밖으로 끌고 나갔다. 마당은 아수라장이 됐다.

"왜 이래요? 뭐 때문에 우리 가족을 괴롭히는 거예요?"

"김상옥 내놔, 어서!"

"없어요. 그 사람이 왜 여기에 와요?"

혜수가 흐느끼며 말했다.

"저 방이 수상해. 조금 전에 여자가 나온 방 말이야. 저 방을 한번 열어봐."

미와가 소리쳤다. 사냥개다운 육감이다. 나는 벽장에 몸을 바짝 붙이고 밖의 소리에 귀를 기울인다. 등에 진땀이 흐른다. 벽장 문이 열리면 형사들이 나를 찾아낼 것이다. 고서 더미 뒤에 숨은 것이 발각되면 모든 게 끝이다. 그렇다면 방법은 하나다. 먼저 저들을 공격하는 것. 저들이 벽장문을 열면 지체없이 공격해야 한다. 윤회의 12연발 모젤과 클로드니케에 든 9발의 총탄이 저들에게 불을 뿜을 것이다. 그리고……. 그다음은 어떻게 해야 할까. 저들이 포진해 있는 문을 뚫고 나갈 수 있을까? 여기서 나가는 순간 대기한 형사대에 사로잡힐 게 뻔하다.

나는 호흡을 가다듬는다. 곧 형사들이 방으로 들이닥칠 것이다. 우선 저들을 기다렸다가 기습해야 한다.

벽에 등을 바짝 대고 문이 열리길 기다린다. 등에 닿은 벽의 질감이 허리를 타고 전달됐다. 뜻밖에도 벽은 단단하지 않다. 손으로 벽을 밀자 흙의 질감이 느껴진다. 널

빤지에 흙을 발라 만들었다. 온 힘을 다해 벽을 치면 쉽게 부서질 것 같다.

"누가 나서서 문을 열어봐, 빨리!"

체포조장이 소리쳤다. 목소리를 듣는 순간 카즈키라는 걸 알았다. 카즈키. 그는 내게 장검을 빼앗긴 걸 잊지 않았겠지. 복수하겠다면 지금이 더 없는 기회다.

한동안 형사들은 내가 있는 방의 문을 열지 못하고 주춤했다. 지난번 후암동에서 겁 없이 들이닥친 다무라를 육혈포로 쏴 쓰러뜨린 걸 떠올렸을 것이다. 저들이 겁을 먹었다면 승산이 있다.

문밖에서 울먹이는 아이 소리가 들린다.

"어서 저 문을 열어!"

형사들이 혜수의 막내 동생에게 문을 열라고 다그쳤다.

"비열한 놈들."

욕이 튀어나왔다. 형사가 다그치자 아이는 끝내 울음을 터트렸다.

끼익- 이내 방문 열리는 소리가 들렸다. 나는 벽장 깊이 몸을 밀어 넣고 숨을 낮춘다. 방을 수색하기 시작하면 발각되는 건 시간문제다. 형사들이 윽박지르자 아이의 울음소리가 잦아들었다.

"카즈키, 어서 체포조를 방안에 들여 보네."

미와가 재촉했다. 그 말과 동시에 형사들이 방안으로 들어오는 소리가 들렸다. 벽장 문틈으로 체포조 조장 카즈키가 방안으로 들어오는 게 보였다. 총을 겨눈 채 방에 들어온 카즈키가 걸음을 멈췄다. 그의 뒤를 따라 몇 명의 형사가 들어왔다. 카즈키는 내가 덮고 자던 이불을 발로 밀쳤다. 내가 없는 걸 확인한 그들은 방을 뒤지기 시작했다. 김상옥, 어디 있느냐? 내가 왔다. 너를 체포하기 위해 이날을 기다렸다. 그렇게 말하는 것처럼 카즈키는 모든 촉을 곤두세우고 나를 노리고 있었다.

하아- 카즈키의 긴장한 숨소리가 내게 전달됐다. 이내 방안에 놓아둔 궤짝이 달그락대는 소리가 들렸다.

"탄환이 든 궤짝을 찾았어! 놈은 총을 가지고 있어. 지휘조에 전달해!"

형사 하나가 밖으로 나가 카즈키의 말을 전했다. 문밖에서 형사들이 집을 에워쌌다.

"벽장이 수상하다. 누가 들어가서 벽장을 열어봐."

카즈키가 벽장을 가리키며 말했다. 겁먹은 형사들은 벽장문을 열지 못했다. 나는 고서 더미에 최대한 몸을 붙이고 자세를 낮춘다. 고인 침을 삼키는 소리조차 조용한 연못에 돌을 던진 것처럼 크게 느껴진다. 부서질 듯 육혈포를 쥐고 밖의 소리에 귀를 기울인다.

"바보 같은 놈들, 비켜!"

소리와 함께 카즈키가 벽장문을 열어젖혔다. 동시에 대여섯 명의 형사가 일제히 벽장 안으로 총구를 겨눴다. 나는 더욱 몸을 낮춘다. 카즈키가 어두운 벽장을 살폈지만 고서 더미에 숨은 나를 발견하지 못했다. 하지만 그가 고서 더미를 밀치자 쌓인 책이 무너지며 그의 눈과 내 눈이 마주쳤다.

"김상옥이다!"

카즈키가 소리쳤다. 나는 오른손에 쥔 모젤의 방아쇠를 당겼다. 탕탕- 두 발의 총탄이 한 형사의 가슴을 뚫었다. 가슴을 맞은 형사가 피를 쏟으며 나가떨어졌다. 한 명이 쓰러지자 체포조 형사들은 벽장 안으로 일제히 총을 쏘았다. 무수한 총탄이 벽장과 고서 더미에 박혔다. 형사들이 총에 맞은 자를 끌고 밖으로 나갔다. 책 사이로 육혈포를 겨누고 응사하자 또 한 명이 쓰러졌다. 그걸 본 형사들이 방 밖으로 도망쳤다. 방을 빠져나간 형사들은 문짝으로 몸을 가리고 벽장을 향해 총을 쐈다. 총에 맞은 책이 찢어지며 파편이 내 코트 자락과 피부를 찢어 손등과 팔에 피가 흘렀다. 나는 몸을 움츠리고 간간이 응사했다. 이대로 있다가는 죽을지도 모른다는 생각이 엄습했다. 다리에 힘을 주고 벽을 발로 찬다.

쿵쿵-

온 힘을 다해 벽을 차자 흙벽에 금이 갔다. 발가락이 떨어져 나갈 것 같은 고통이 엄습했다. 금이 간 벽을 몇 번 더 찼다. 흙벽이 무너지며 몸이 빠져나갈 정도의 구멍이 생겼다. 벽이 부서지는 소리는 총소리에 가려 들리지 않았다. 나는 밖에서 총을 쏘는 순간을 이용해 밖으로 빠져나갔다.

방을 빠져나오자 혜수의 집 뒤뜰이 보였다. 아직 채 해가 뜨지 않은 미명이었다. 온 힘을 다해 담을 넘어 밖으로 나온 순간 모든 상황을 파악할 수 있었다. 효제동 외딴 마을은 형사들에게 완전히 포위당했다. 오밀조밀하게 몰린 여섯 채의 집이 횃불을 든 형사들에게 둘러싸여 달아날 곳은 어디에도 없었다. 횃불을 든 순사대 뒤로 정복을 입은 순사들이 거총 자세로 마을을 에워쌌고 그 뒤로 기마 순사대가 사열해 있었다. 족히 수백은 될 것 같은 병력이다. 마을 입구는 병력을 실어 나른 트럭이 즐비했다. 진눈깨비는 그쳤지만 마을에 쌓인 눈과 횃불이 주변을 밝혀 사물을 구분할 수 있었다. 밖으로 나온 걸 눈치채지 못했는지 형사들은 여전히 내가 있던 집을 포위하고 있었다.

나는 담을 넘어 옆집으로 숨으며 세 채씩 두 줄로 직

사각형을 이룬 이 동네의 구조를 머릿속에 그렸다. 혹시 모를 교전에 대비해 마을 구조를 파악해둔 덕분이다. 혜수의 집 지붕에도 형사들이 올라가 있었다. 혜수의 집으로 병력이 집중돼 있다.

주변을 살피자 집과 집 사이에 놓인 돌담이 보인다. 담을 넘어 눈 쌓인 장독이 가득한 커다란 마당으로 들어섰다. 담장 넘는 소리를 들은 집주인이 문을 열고 나왔다. 나이 지긋한 노인이다.

"누, 누구요. 당신은."

노인이 겁먹은 표정으로 물었다.

"임시정부에서 파견한 독립군이요."

노인은 두려운 표정으로 나를 쳐다봤다. 피투성이가 된 나를 보는 그의 눈언저리가 떨렸다.

"이불 한 채만 빌려주겠소? 해방이 되면 피해는 다 갚아 줄 거요."

두꺼운 이불을 방패삼아 형사들과 교전하면 몇 명은 해치울 수 있다. 순간 노인이 표정을 일그러뜨리며 밖으로 뛰쳐나갔다.

"여, 여기 범인이 있소. 여기!"

뜻밖의 행동이었다. 노인의 고함을 들은 체포조가 들이닥치기 전에 이곳을 벗어나야 한다. 나는 최대한 그들의 동선 반대편으로 이동했다. 여섯 채의 집을 돌아 혜수의 집 뒤쪽으로 가면 체포조의 허를 찌를 수 있다.

몸을 날려 다시 옆집과 이어진 담을 넘었다. 담을 넘을 때 오른쪽 발이 담장에 부딪혀 살을 찢는 고통이 엄습했다. 담장 아래로 떨어지는 순간 동상 걸린 오른쪽 발가락이 떨어져 나간 걸 알았다. 발가락이 떨어진 자리는 부러진 나뭇가지처럼 너덜너덜했고 혈관이 막혔는지 떨어져 나간 발에서는 피조차 나오지 않았다. 두려움도 놀라움도 없었다. 두려움은 이미 내가 느낄 수 있을 감정의 영역 밖이었다.

어느새 총소리가 멈췄다. 노인의 고함을 들은 체포조가 혜수의 집 포위를 풀고 내가 있는 곳으로 움직였다. 나는 담 아래에 앉아 육혈포에 탄환을 쟀다. 가쁜 숨이 입 밖으로 새어 나왔다. 멀지 않은 곳에서 무장한 병력이 이동하는 소리가 들렸다. 형사대가 움직일 때마다 장화 소리가 사방으로 울려 퍼졌다.

"포위해! 놈은 72번지 담을 넘어 도망갔다."

미와가 재촉하는 소리가 들렸다. 나는 혜수의 집이 효제동 73번지임을 떠올렸다. 세 채의 집이 담을 마주하고 있는 걸 생각하면 내가 있는 72번지는 혜수의 집 바로 옆이다. 나는 ㄷ자로 돌아 조금 전 빠져나온 혜수의 집 사랑방 반대편으로 와 있다. 형사들은 내가 있는 72번지를 에워싸기 시작했다. 담을 타고 순사대가 포위망을 좁혀왔다. 장총대의 장화 소리와 형사들의 고함이 들렸다.

"김상옥이 저기 있다."

혜수의 집 지붕에 있던 형사가 외쳤다. 검은 기와지붕 위에서 내 위치를 살피던 형사 중 하나였다.

탕탕- 그를 향해 방아쇠를 당겼다. 오른손에 쥔 모젤에서 불이 뿜어져 나갔다. 지붕 위에 있던 형사가 가슴을 움켜쥐고 바닥으로 떨어졌다. 와장창- 요란한 소리가 들리자 지붕에 있던 나머지 형사들이 질겁하며 지붕에서 뛰어내렸다. 또 다른 형사들이 대문을 박차고 들어와 담 아래에 있는 나를 겨눴다. 나는 즉시 몸을 숨겼다. 총알이 벽에 박힐 때마다 파편이 얼굴을 때려 피투성이가 됐다. 나는 그들의 위치를 예측해 방아쇠를 당겼다. 탕- 소리가 날 때마다 형사들이 가슴에 총을 맞고 쓰러졌다. 뒤따라온 형사들이 쓰러진 자를 끌고 나갔다.

온 동네가 아수라장으로 변했다. 집안에 있던 일가족이 총소리에 비명을 지르며 집밖으로 뛰쳐나왔다. 다시 옆집으로 이동했다. 이동하다 보면 돌파구가 나올까. 이대로 있다간 개죽음이다. 균형을 잃은 다리를 절뚝이며 사력을 다해 담을 뛰어넘었다. 담을 넘을 때 총탄이 머

경성의 봄 1923

리 위로 빗발쳤다. 팍- 그때 형사가 쏜 총탄이 오른쪽 허벅지에 박혀 중심을 잃었다. 쓰러지면 안 된다. 남은 힘을 다해 담 아래로 몸을 이끌고 숨는다. 순사들의 시야에서 완전히 벗어난 걸 확인하고 숨을 고른다. 이곳마저 포위당하면 도망갈 곳이 없다.

억지로 몸을 일으켜 담 저편을 살폈다. 형사들이 사방에서 에워싸 도망갈 곳이 없다. 여섯 채의 집 가운데로 나를 몰아넣고 사방의 모든 집을 장악했다. 나는 완벽하게 포위됐다.

"김상옥, 너는 포위됐다."

미와가 나를 향해 외쳤다.

"항복하면 목숨만은 살려주겠다."

그가 탄 말의 발굽 소리가 바람을 타고 들려온다. 채소밭 한가운데 놓인 집은 말 그대로 섬처럼 고립됐다.

날이 점점 밝아온다. 담 사이로 고개를 들어 밖을 살핀다. 동이 트자 효제동 일대를 포진한 병력이 보였다. 수백 명에 달하는 거대 병력이 마을 전체를 둘러싸고 있었다. 총알 박힌 허벅지에 피가 흘러 눈 쌓인 바닥을 붉게 적신다. 총상은 생각보다 깊다.

"경기도 경찰청장 우마노다. 항복하면 목숨을 살려주지만 그렇지 않으면 사살할 것이다."

목소리가 확성기를 타고 들렸다. 나를 노리던 모든 자들이 주변을 둘러싸고 있다.

"서, 선생님…… 선생님 괜찮으세요?"

혜수가 소리쳤다.

"저 여자를 끌어내!"

윽박지르는 소리와 혜수의 비명이 들렸다. 나는 이를 악문다. 이대로 체포조가 앞뒤로 쳐들어오면 사로잡힐 수밖에 없다. 담벼락과 대문, 양쪽에서 공격해 오는 적에 맞서려면 시야를 확보해야 한다. 몸을 숨기고 저들에 맞설 장소를 찾는다. 마당 한쪽에 있는 화장실이 눈에 들어왔다. 그곳이라면 방어막 삼아 교전할 수 있다.

총알을 장전하며 다음을 준비한다. 맞은편 지붕에서 장총대가 고개를 드는 게 보였다.

탕탕탕- 지붕을 향해 총을 쏘고 마당을 가로질러 화장실 쪽으로 뛰었다. 순간 총알이 빗발쳤다. 총탄 두 발이 허벅지와 넓적다리에 박혔다. 극심한 고통이지만 버틸 수 있다. 아니 버텨야 한다. 아직 살아 있다면 치명적인 총상은 아니다. 화장실 안으로 들어가 코트에서 총알을 꺼내 장전한다. 담을 넘는 동안 궤짝에서 꺼내온 총알이 바닥에 떨어졌다. 이제 총알도 얼마 남지 않았다.

-생사가 이번 거사에 달려 있소. 자결하여 뜻을 지킬

지언정 적의 포로가 되지는 않겠소.

상해를 떠나기 전날 밤 동지들과 한 약속이 떠오른다. 그날 그들은 말없이 내 손을 굳게 쥐었다. 죽기는 쉬워도 항복하기는 어렵다. 저들의 포로가 되어 살이 찢기고 피가 터지는 혹독한 고문을 참아낸다 한들 그런 수치 속에 살아남는 게 무슨 소용이 있을까.

허벅지와 다리에 통증이 인다. 팔다리를 비롯한 온몸이 피로 물들었다. 이대로 죽을 수는 없다. 총알이 남아 있는 한 죽음마저 용납되지 않는다.

화장실 옆에 몸을 숨긴 채 형사대와 대치한 지 십여 분이 흘렀다. 숨소리가 거칠다. 너무 많은 피를 흘려 정신이 혼미하다. 애써 몸을 일으켜 저들의 움직임을 주시한다. 항복하라는 미와의 목소리만이 들려올 뿐 포위한 형사들은 움직이지 않았다. 이미 무수한 사상자가 나왔을 테니 무리도 아니겠지.

남산이 있는 동남쪽 하늘이 더욱 밝아왔다. 힝힝대는 말의 울음과 장총대의 군화 소리가 귀를 어지럽히며 나를 짓누른다. 마당에는 총격전으로 부서진 물건이 널브러져 있다. 마당 곳곳에 깨진 장독과 무너져 내린 기와 잔해가 보인다. 화장실에서 멀지 않은 방에서 신음소리가 들렸다.

"뉘, 뉘시오? 대체 뉘시기에 순사들이 댁을 잡으려고 집을 이렇게 만든 거요?"

미처 도망가지 못한 노파가 열린 문틈에 대고 쥐어짜는 목소리로 말했다.

"독립군이요. 자세한 건 지금 말할 수 없소."

겨우 목소리가 나왔다. 그때 맞은편 집 지붕에 사람 형체가 보였다. 형사들이 또다시 지붕 위로 올라갔다. 주춤하는 장총수를 다그치는 소리가 들렸다. 나는 재빨리 총을 겨눈다. 탕탕탕- 양손의 육혈포에서 번갈아 가며 불을 뿜자 장총을 쥔 순사가 가슴을 쥐며 지붕에서 떨어졌다. 겁먹은 순사들은 나를 제대로 겨누지 못했다. 그들이 쏜 총은 화장실 문과 벽에 박혔다. 나는 그들을 하나하나 조준하여 지붕 아래로 떨어뜨렸다. 잠시 공격이 멈춘 순간 동안 총알을 장전한다. 잠시 후 대문 오른쪽 담장에서 장총으로 무장한 병력이 총을 난사했다. 총소리와 함께 화장실 벽의 깨진 파편이 나를 덮쳤다. 파괴력이 좋은 삼팔식 장총이다. 나는 화장실 벽에 붙어 사력을 다해 응사했다. 저들이 총을 쏠 때마다 마당에 널브러진 가재도구들이 부서졌다. 왼쪽 담장에서도 총알이 날아왔다. 대문을 사이에 두고 양쪽 담벼락에 집결한 집총대는 내가 있는 화장실 쪽으로 계속 총을 쏜다. 묵

경성의 봄 1923

직한 장총 소리가 효제동의 아침을 뒤흔든다. 총알은 허공을 가르며 오랫동안 72번지로 쏟아졌다. 안방에서 노파의 비명이 들렸다. 병색 짙은 노파는 끝내 총에 맞고 쓰러졌다. 가재도구가 부서지며 날아온 파편들은 내 몸 또한 찢어발긴다. 온몸에 뒤집어쓴 피가 이제 화장실 바닥을 적시고 있다.

"체포조 들어가!"

미와의 목소리가 들렸다. 장총대의 사격이 멈추자마자 지휘부가 체포조를 투입했다. 나는 그들이 좀 더 가까이 다가오길 기다렸다. 체조포가 마당 문을 열고 쏟아져 들어온 순간 화장실 밖으로 몸을 내밀어 양손의 육혈포에 불을 뿜었다.

탕탕탕- 선두에 선 자들이 피를 토하며 쓰러졌다.

"기, 김상옥."

쓰러진 자의 입에서 나를 부르는 소리가 들렸다. 카즈키였다. 체포조장 카즈키가 쓰러졌다. 마당으로 진입하던 장총대는 조장이 쓰러지자 주춤했다. 카즈키는 쓰러진 채 몸을 떨며 나를 노려봤다. 나는 급히 몸을 날려 화장실 안으로 들어간다. 인분 냄새가 콧속으로 들어온다. 종아리와 허벅지가 불에 댄 것처럼 화끈거린다. 카즈키의 눈빛이 오랫동안 뇌리를 떠나지 않았다. 그와의 악

연도 여기서 끝나는 걸까. 하체에 극심한 고통이 느껴졌다. 종아리와 허벅지에 이미 대여섯 발의 총알이 박혔다. 저들은 나를 잡기 위해 하체만을 노렸다. 이대로라면 더 이상 움직일 수 없다. 탄창에 마지막 남은 총알을 쟀다.

하악하악하악-

숨이 끊어질 것처럼 가쁘다. 금방이라도 심장이 터질 것 같다. 이대로 끝인 걸까.

참을 수 없는 통증이 밀려온다. 이젠 다리를 움직일 수 없다. 총에 맞은 넓적다리는 시간이 갈수록 감각이 느껴지지 않았다. 하체가 온통 피에 젖었다.

총알은 모젤에 남은 세 발이 전부다. 나는 왼손에 쥔 클로드니케를 바닥에 내려놓고 모젤을 움켜쥔다. 몸에서 떨어진 피가 바닥을 적신다. 피에 젖은 바닥이 미끄럽다. 출혈 탓에 잠이 쏟아진다. 앉고 싶다. 여기서 주저앉으면 다시는 일어서지 못한다. 벽에 몸을 기대 윤회를 끌어안듯 두 손으로 모젤을 움켜쥔다. 눈앞에 윤회가 있는 것만 같다. 어디선가 감꽃 향기가 난다. 겨울의 감꽃 향기다.

상해의 늦은 봄, 프랑스 조계에도 봄이 왔다. 빼앗긴 나라의 망명정부에 온 봄이다. 조계지의 루쉰공원에는 꽃이 피었다. 꽃향기가 진동하는 봄날이다.

윤회의 얼굴이 봄처럼 화사하게 피었다. 함께 간 루쉰 공원에서 윤회는 봄의 꽃향기를 맡았다. 봄의 공원은 노란 꽃으로 가득했다.

"그리움이 깊어지면 습관처럼 코에서 감꽃 향기가 느껴져요. 경성에 핀 감꽃의 향기 같아요."

윤회가 말했다. 마치 눈앞에 감꽃이 있는 것처럼 나는 감꽃의 향기를 맡는다.

"고향으로 돌아가고 싶소?"

윤회에게 물었다.

"가끔 꿈을 꿔요. 고향으로 돌아가는 꿈을요. 다시 걸을 수 없는 종로 거리와 인사동, 광화문 옛길, 함께 싸운 동지의 웃음소리가 들리는 곳, 이제는 볼 수 없는 아버지가 싸우던 그 땅. 그곳이 자꾸만 떠올라요."

윤회는 고개를 들어 하늘을 바라봤다. 하얀 저고리 사이로 윤회의 가는 목선이 보였다. 선선한 바람이 부는 봄날이다.

"부탁이 있어요, 선생님. 경성에 돌아가면 감꽃이 필 때 저를 생각해 주시겠어요?"

"감꽃?"

"네, 감꽃이요."

"그러고 보니 지금쯤 경성은 감꽃이 피기 시작했겠군."

내 말에 윤회는 치아를 드러내며 가만히 웃었다.

"지금도 저는 경성의 감꽃 향기를 맡고 있어요."

윤회는 눈을 감고 고개를 들어 감꽃 향기를 맡았다.

"이제 끝이다. 그곳에서 나와서 투항하면 살 수 있다."

미와의 목소리가 들렸다. 사로잡을 일만 남았다고 생각했는지 마당 안으로 들어와 소리쳤다. 나는 화장실 문틈으로 미와를 주시한다. 한 걸음, 한 걸음, 십여 보를 앞두고 미와는 내가 있는 쪽으로 걸어온다. 이윽고 미와가 사정권 안에 들어섰다. 나는 힘을 다해 문밖으로 몸을 내밀어 미와에게 총을 겨눈다.

탕, 탕-

두 발의 총알이 허공을 갈랐다. 이내 비명이 이어졌다. 미와가 어깨와 배에 총상을 입고 쓰러지자 문밖에 있던 형사들이 들어와 미와를 끌고 나갔다. 이제 남은 총알은 한 발뿐이다. 다리에 힘이 완전히 풀려 더 이상 움직일 수 없다. 나는 바닥에 주저앉는다.

남산 위로 해가 뜨기 시작했다. 어느새 사방이 밝아오고 있다. 주변을 식별할 수 있을 만큼 해가 떠오르고 있었다. 눈앞은 막 피어난 빛으로 가득했다. 찬란한 아침.

잃어버린 경성의 아침이다. 찬란한 볕이 나를 감싸 안으
며 대지 위를 비추고 있다.

－오라버니 감꽃은 아직 피지 않아요. 지금은 겨울인
걸요.

어디선가 아기의 울먹이는 목소리가 들려왔다. 아기가
내게 말하고 있다.

－그렇구나. 아직 봄은 멀었구나.

나직한 목소리로 대답했다.

－오라버니 제발 사셔야 해요.

다시 아기의 목소리가 들려온다. 금방이라도 울 것만
같은 목소리다.

－그래, 살아야지. 살 수 있다면 말이다.

나는 눈을 감는다. 사방에 노란 감꽃으로 가득한 풍경
이 펼쳐진다. 떨어진 감꽃이 마을 곳곳에 흩날린다. 그
사이에 윤회가 서 있다. 윤회는 감꽃을 꺾어 코에 대고
향기를 맡는다. 그리고 나를 보며 환하게 미소짓는다.

"윤회. 그리고 동지들. 어머니, 아⋯⋯ 어머니."

육혈포를 쥔 손을 든다. 손가락을 방아쇠에 걸고 관자
놀이에 가져다 댄다.

"김상옥, 어서 총을 버리고 나와."

항복하라는 외침이 다시 들렸다. 총에 맞아 쓰러진 사

람이 미와가 아니라면 누구의 목소리일까. 우마노, 아니 모리 서장일까. 이젠 목소리조차 구별할 수 없다. 정신이 혼미하다. 관자놀이를 겨누자 어디선가 한기가 새어 나온다. 차갑다. 육중한 쇠붙이가 손가락 마디에 걸린다.

　윤회-

　마지막으로 윤회의 이름을 부르고 방아쇠에 건 엄지손가락에 힘을 준다.

　탕- 총성이 울려 퍼졌다. 총구를 빠져나온 탄환은 내 관자놀이를 파고든다. 나는 방아쇠에 손가락을 고정한 채 서서히 바닥으로 떨어져 내린다. 눈앞이 새하얗게 변했다. 어디선가 감꽃 향기가 나는 것 같다. 감꽃 향기는 대지를 가득 메웠고 감꽃의 짙은 향기 사이로 내 의식은 점점 사라져갔다.

* 소설은 김상옥 의사의 일대기와 평전 및 관련 인터넷 자료를
  참고하였다.
* 윤희는 김상옥과 함께 상하이로 망명한 장규동 열사가 모델이다.
* 황옥이 정말 독립군을 도우려 한 건지 일본 경찰의 밀정인지에
  관해서는 아직 의견이 분분하다.
* 김한은 김상옥의 종로경찰서 폭탄투척 사건으로 6년 형을 선
  고받는다. 그는 오랫동안 밀정으로 몰리기도 했으나 정치적 탄
  압으로 밝혀져 사후에 건국훈장 독립장을 받았다.
* 나운규가 경성에서 마루야마를 저격하려고 한 건 설정이다.
* 카즈키와 청향, 희는 허구의 인물이다. 그밖의 인물은 실존했
  으나 일부는 작가의 상상력으로 재창조하였다.
* 대부분 사실에 기반하였으나 소설을 쓰는 과정에서 일부 내용
  은 각색되었다. 지명이나 장소는 이해를 돕기 위해 일부 현재
  지명과 이름으로 표기하였다.

초판 1쇄 │ 2024년 8월 15일

지은이 │ 김경락
표지 디자인 │ 이응
본문 디자인 │ S-design
편   집 │ 박일구
펴낸이 │ 강완구
펴낸곳 │ 도서출판 써네스트
출판등록 │ 2005년 7월 13일 제2017-000293호
주   소 │ 서울시 마포구 망원로 94, 203호
전   화 │ 02-332-9384   팩 스 │ 0303-0006-9384
이메일 │ sunestbooks@yahoo.co.kr
ISBN 979-11-941661-29-0 03810 값 14,000원